恋渡り

CROSS NOVELS

栗城 偲
NOVEL: Shinobu Kuriki

yoco
ILLUST: yoco

CROSS NOVELS

CONTENTS

CROSS NOVELS

CONTENTS

恋渡り《こいわたり》
栗城偲
illustration yoco

体を深く突き上げられて、英理《えいり》は息を呑む。

男を受け入れるのは初めてで辛かったが、必死で息を殺した。興醒《きょうざ》め
されるほうがよほど恐ろしくて、慣れた相手にそんな痩《や》せ我慢は通用しな
けれど、慣れた相手にそんな痩せ我慢は通用しな
いようだ。亜蘭《あらん》は英理の乱れた前髪を搔き分けて、汗ばんだ額に優しく触れてくれた。その掌は、ひどく熱い。

「大丈夫か、英理」

彼の体温がいつもより高く、鼓動や息が速いのは、共寝をしていることだけが理由ではない。その身に深い傷を負っているからだ。――英理が負わせた。

自分のほうがよほど体は辛いだろうに、そんなときにまで英理のことを気遣ってくれる。平気ですと答えたかったが、声色から己の嘘が露見する気がして小さく頷くに留めた。

亜蘭は苦笑して、英理の痩軀《そうく》を労《いたわ》るように抱きしめる。不思議と、たったそれだけのことで体が少し楽になった気がして、ほっと息を吐く。背中に刻まれた傷の痛みさえも薄れるようだった。

「くそ……、こんな具合でなければ、もう少し気遣ってやれるのに」

悔しげな呟きが落ちてきて、首筋に優しく口づけられる。

「すまん、余裕がない」

そんなことは気にしなくていいのだと、英理は微笑んで頭を振った。自分を組み敷く亜蘭の背中に縋るように腕を回す。

「ん、……」

そっと唇を塞がれて、瞼を伏せる。

無意識に開いた口の中に舌が差し込まれた。口腔内を舌で愛撫され、強張っていた体からほんの少し力が抜ける。

大きな熱い掌が、英理の腰をゆっくりとさすった。痛いくらいに締め付けていた結合部を痛みごと解す

ように静かに体を揺すられる。

「英理」

唇の狭間《はざま》で名前を呼ばれて、胸にこみ上げてくるものがあった。力を込めて抱きつきたくなる衝動を抑え、亜蘭の背中に回していた腕から力を抜く。敷布の上に、ぱたりと腕が落ちた。

それを察して、口づけを解いた亜蘭が顔を覗き込んでくる。

「まだ痛いか……？」

「……いいえ」

いいえ、と重ねて、英理は頭を振った。

普段は荒々しい男が、ずっと、まるで壊れ物のように英理に触れていた。体調が思わしくないのは亜蘭のほうなのに、気遣ってくれる。

それだけで幸せな気持ちになり、愛しさに胸が潰れそうになり、悲しくて堪《たま》らない。

自分のせいで。自分が悪いのに。優しくされる資格なんて、ないのに。彼はそれを知っているはずなのに。

目の端に涙が滲んだのを認めて、亜蘭の体が強張った。

「……英理。もう、やめるか」

「――いいえ！」

反射的に大きな声を上げてしまい、慌てて横を向く。

「無理をしなくてもいい」

「無理など、していません」

武人らしい固い指が、英理の濡れた目尻を拭ってくれた。

「ならば何故泣く……俺はお前に無体を強いるつもりはないんだ。お前をそんなふうに扱いたくはない」

慰撫《いぶ》するような声音と言葉に、胸が苦しくて息が詰まる。違う、と頭を振った。

「痛くて、辛くて泣いているのではありません。

……あなたのことが、愛しくて」

初めて口に出した言葉に、亜蘭が目を瞠った。

それは嘘偽りのない本音だ。ただ、本当のことをすべて言っているわけでもなかった。

「あなたを想って……涙が、出るのです」

これ以上の涙を堪えようと唇を噛んだ瞬間に、顎を摑まれて亜蘭のほうに顔を向かされた。

見上げた彼は無表情で――けれど微かに歯を食いしばるような気配を見せた後、英理に覆いかぶさって首元に顔をうずめた。

はあ、と熱い呼気が首筋に当たる。

「……叶うものなら、お前を食ってしまいたい」

物騒なことを言って、亜蘭は英理を掻き抱く。微かに笑って、英理は頬を擦り寄せた。

――食べてください。全部。骨までひとつ残らず全部。

そうしてくれたら、きっと自分は幸せになれる。

幸せなまま、死ねる。

戯《ざ》れ言《ごと》に本気で縋ってしまいたくなる己に、内心苦笑した。

「っ……」

黙ったままでいることを咎めるように、亜蘭は英理の首筋に歯を立てた。小さく刺すような痛みが走り、反射で息を詰める。噛まれた箇所に、舌の這う感触がした。

「――美しいな」

なにがでしょうか、と口にしかけて、その場所に黥《いれずみ》があるのを思い出した。

「猛禽、なのです。これは」

そこには、代々鳥飼《とりか》いの長子にのみ受け継がれる特別な猛禽の文様が入れてある。複雑な模様のそれは、人目を引くし確かに美しい。

猛禽はこの国では神聖で象徴的な生き物だ。そしてそれを体に刻むというのは、自分たちがこの国の

王のものであるという証でもあり、誇りでもあった。

　けれどその生き物が、そもそもこんなことになった一因でもあったと思い至って、英理は唇を噛む。

「……鳥飼いらしいこれを褒めていただけて、この上なく嬉しく思います」

　猛禽は、己にとっての矜持《きょうじ》だった。だがこれからは、戒めになるだろう。

　けれど亜蘭は何故か苦笑し、首を振った。

「美しいのは、鶚のことではない。……お前自身のことだ」

　微笑みとともに落ちてきた科白《せりふ》に、英理は唇を噛む。

「……お戯《たわむ》れを」

　彼の言葉は甘いのにひどく苦かった。身を引き裂かれるほど辛いのに、心が喜んでいる。

「美しい膚《はだ》であったが……惜しいことを」

　成人の証明でもある鶚に対して、なにもないほうが美しい、という彼はまさしく己とは住む世界が違うのだ。

　亜蘭にとっては褒め言葉なのかもしれないが、矜持を傷つけられたような気分にもなる。そして彼は、英理が褒められる度に傷ついていたことなど、きっと知らない。

　だが、これくらいで本当はちょうどいい。

　居心地のよいだけの関係など、二人の間には必要ない。あるべきではない。本当は、そんなものを築いてはいけない間柄だったのだ。

　そんな当たり前のことを理解するのに、十年以上もかかってしまった。

「……亜蘭様」

　見下ろす男の零れ髪に触れる。月光のように美しく輝く白金の髪が、英理は好きだった。

「英理。……あとでまた、俺の身支度を整えるように」

初めて会ったときのことを懐かしんでいるのであろう。ほんの少し揶揄うような声音はやはり優しく、胸が切なくなる。

「勿論です」

亜蘭は目を細め、すっかり乱れてしまった英理の髪を掬《すく》い、形のいい唇で触れた。

「っ……」

神経など通っていないはずなのに、まるで愛撫されたような感覚が伝って体が震える。

「愛《う》いな、英理」

わざと羞恥を煽《あお》る彼に言い返さず、その体にしがみつく。そうしないと、泣き顔を見られてしまいそうだったからだ。

耳元で、亜蘭が笑う気配がした。

初めて会ったのは、まだなにも知らぬ子供の頃であった。

けれどもう、なにも知らない子供ではない。

間違えるような真似は、もうしない。

血の匂いがする。

けれど嗅ぎ慣れた獣のものとは少しだけ違うような気がして、英理は鼻を鳴らした。

水禽を放していた池から離れ、風上の方向へと足を向ける。池の水を引いている川に辿り着いた英理は、そこに人影を見て慌てて隠れた。

浅瀬に立っていたのは獣ではなく、背の高い青年だ。彼の様子に身を竦ませ、息を呑む。

――すごい、血だ。

先程から微かに漂っている血の匂いの正体は、恐らく彼なのだろう。軍衣を纏《まと》った青年は全身血塗れだった。

一体どうすればよいのかわからずおろおろとしていると、青年がこちらを振り返る。

「誰だ」

よく通る尖《とが》った声で問われて、体が反射的に強張った。


このまま逃げてしまおうかと思ったが、恐怖心が勝って木の陰からおずおずと顔を出す。姿を見せた英理に、青年は険しい表情を解いた。

彼は小さく息を吐き、長い髪を掻き上げる。

「……子供か。そこでなにをしている。なにか用か」

先程までと違い、ほんの少し柔らかくなった声音に安堵して、英理は頷いた。

「ええと……血の匂いがしたから。怪我、してるのかなって思って」

どうにかそれだけ答えると、青年は「ああ、なるほどな」と笑った。

初めて彼が見せた笑顔に、英理は一瞬言葉を失う。全身が血で汚れているのと、彼の纏う言いようのない迫力に気圧されていて気がつかなかったが、今まで英理の見た人間の中で一番美しい顔立ちの青年だった。

血に濡れた長い髪は太陽の光のように美しい金髪

で、平時であれば輝いていそうだ。

「お前、鳥飼いの子か？」

「え？」

　鳥飼いは家畜や愛玩用の鳥を飼養し、王へ献上する機関、職人集団のことだ。鳥の他に、牛や馬などを飼養する機関もあり、彼らは原則、戦には参加しない。

　確かに青年の言うとおり、英理の家は何代も前から鳥飼いとして国に仕えていた。

　けれど、なぜ自分が鳥飼いの子供だとわかったのだろう。

　怪訝に思いながら首を傾げると、彼はにやりと口角を上げ、英理を指差した。

「後ろについてきているぞ」

「えっ？　——あ！」

　指摘されて振り返ると、足元に一羽の水禽がいた。英理を見上げて、くわ、と鳴く。

　どうやら、池から離れた英理を追ってきてしまったらしい。慌てて抱き上げて、喉を鳴らして笑っている青年を見やる。なんだか妙に恥ずかしい気分だ。

「そ、それよりもその怪我。痛くないの？　母さんを呼んでこようか？」

　青年は問いに目を丸くし、肩を竦めた。

「心配には及ばない。これは俺の血ではないからな」

「そうなの？」

　そうさ、と笑って彼は真っ赤に染まっていた軍衣を浅瀬に脱ぎ落とした。それから、鎖で編まれた鎧《よろい》を脱ぎ捨てる。

　彼が言うとおり、細かい模様の刺し子が施された胴衣には血の汚れなどどこにもなかった。更に証明するように、彼は胴衣も脱ぎ捨てる。顕《あらわ》になった上半身には、切り傷などの類はやはり見られない。

　同時に、微かな違和感を覚えたがその正体を探る頭はなかった。——では、全身に浴びていたそれは一体誰の血だったのか、という疑問に意識が逸れたからだ。

先程までは彼の怪我を心配していたが空恐ろしい気持ちになって、無意識に後退る。覚えず逸らしかけた英理の顔に、水しぶきが飛んできた。

「――！」

不意打ちに、抱いていた水禽を落としてしまう。驚いたように鳴き声を上げて、水禽は逃げていった。

微かに覚えていた恐怖心が吹っ飛び、英理は青年を睨みつける。いたずらを仕掛けた青年は、英理を指差してけらけらと笑った。

「なにするんだよ！」

「子供のくせに、難しい顔をするからだ。ほら、悔しかったらかかってこい」

「ちょ……っ」

いつのまにか距離を詰めていた青年は、嫌がる英理を川の中に引きずり込んだ。

「やめろよ！　大人のくせにっ」

顔から水面に落ちた英理が起き上がって喚《わめ》くと、青年がしてやったりとばかりに得意げな顔をしている。むっとして、その嫌味なくらい整った顔めがけて水をかけてやった。

自分から仕掛けたくせに、青年はやったな、と言ってさらに水をかけてくる。最初はむきになって応戦していた英理だったが、そのうち楽しくなってきて、いつのまにか二人で笑い合っていた。

「――さて、と」

ひとしきり遊んだあと、青年は英理をいとも簡単に片手でひょいと抱き上げた。細い体の思わぬ力強さに、英理は目を白黒させる。

なにより、至近距離で見た容貌はやはり美しく、しばし目を奪われた。

白く輝くような金色の髪、同じ色の長い睫毛に縁取られた瞳は空のように澄んだ青色だ。あちこちに傷痕がついているものの、象牙《ぞうげ》のような淡い色の滑らかな膚、すっと通った鼻梁《びりょう》は高く、形がいい。厚すぎず薄すぎない唇は薄い色をしていて、それがまた体温を感じさせない作り物めいた印象を形作っていた。

なにもかも自分とは正反対の整った造形にしばし見惚《みと》れていると、青年が苦笑した。

「なんだ。俺の顔になにか付いているか？」

「……目と鼻と口」

美しさに目を奪われていたことを悟られたくなくて誤魔化すように返せば、青年はその繊細な美貌に似合わぬ豪快な笑い声を上げた。

「そうだな。お前にも付いているな」

くっくと笑いながら川から上がり、彼は英理をそっと下ろした。少し身を屈めたのと同時に、青年の腰帯が解ける。英理は反射的にそれを押さえた。

「おお、悪いな。ついでに支度をしてくれ」

着替えを手伝えというその言葉に、思わず首を傾げる。怪訝な顔をしてしまった英理に青年は「なんだ」と問うた。

「いや……俺が手伝うの？」

「そうだが」

当然だろうと言わんばかりに返され、英理のほうが戸惑ってしまう。

「大人なのに着替えも一人でできないの？」

嫌味というよりは単に疑問で口にすると、青年は瞠目した。けれどそれは一瞬で、彼はなにがおかしいのかまた笑う。

「ああそうだな。やってくれよ」

「ええー……」

英理の小さな弟妹じゃあるまいし、と思いはしたが、年長者に頼まれては無下《むげ》に断ることはできない。

英理は仕方なしに、浅瀬に放り投げられていたままだった服を拾い上げて絞る。その傍にあった血塗れの軍衣は汚れたままで、流水では殆ど汚れが落ちていなかった。

家の洗濯をするときと同じ要領でごしごしと揉《も》み洗いをしながら、ちらりと青年をうかがう。

下着一枚になった彼は、細身ながら筋肉がついていた。父や祖父とは違い、腹筋がくっきりと割れている。

——やっぱり兵士なんだろうな。

返り血を浴びていたということは、きっと戦帰りなのだろうと薄々感じていた。職業人の家族は皆、城下に住んでいるのであまり危険な目に遭ったことはないが、いつもどこかで戦が起こっている。

——兵士の人たちってなんか怖くてあまり近寄らないようにしていたけど……こんな人もいるのか。

彼は、普段よく見かける兵士とは違った印象がある。美しい容貌は勿論、なによりもこんなに非戦闘員の子である自分に気さくに笑いかける者は少ない。

一方で、その戦闘力の高さもうかがえる。戦帰りの兵士は概ね傷を負っているものだが、彼は古傷以外には殆ど怪我が見られなかった。

ふと、遠くを見ていた彼の視線が英理に戻ってきて視線がかち合う。びくっと肩を竦ませた英理に「いちいち洗わなくていいぞ」と言った。

「でも、汚れて」

「いいんだよ。それはどうせ洗っても落ちん。胴衣だけでいい」

じゃあ、と放り投げられていた胴衣を拾い、青年の腕を通す。身支度を手伝いながら、はたとあることに気がついた。

——あ……そういえばこの人、あれがない。

先程、青年の裸身を見たときに覚えた違和感の正体は、膚が綺麗すぎること——彼の年頃にしては珍しく、黥がないことだった。

英理は未成年なのでまだ彫っていないが、父も母も祖父も、大人は皆体中に黥を入れている。職業人たちは十二歳で成人してから徐々に増やし、祖父くらいになると墨を入れていない場所などないくらいに手が入るのだ。

職人ほどではないが、兵士も戦死したときなどの個人識別用に体の数ヶ所に入れるのが一般的だ。

彼ほどの年齢で体のどこにも黥のない者を、英理は初めて見た。

「どうした」

問われて慌てて頭を振り、腰帯をきつく締める。

「はい、できたよ。あとはこの鎧？」

「ああ、それもいい。重くて持てないだろう」

金属製の鎖でできた鎧は、確かに重かった。だが持てないというほどではないとむきになって持とうしたが、青年は片手であっさりと持ち上げる。

「……着るのにそれ、邪魔じゃない？」

「それ？」

彼が肌身離さず腰に佩《は》いていた剣は、鎧を着るときに非常に邪魔になりそうだ。

「俺、持っててあげようか？」

あの重い鎧を着るのに、剣は邪魔なように思えた。親切心からの提案だったが、何故か彼は、なんと表現したらいいのかわからない不思議な表情になる。

逡巡するような間のあと、「じゃあ頼むとするかな」と言って笑い、英理の手に持たせた。

青年の髪よりも黄色がかった金色のそれは、短剣よりは長く、剣よりは短い。柄《つか》の護拳《ごけん》と鞘《さや》には美しい細工が施してあり、ところどころに宝石が散りばめられていた。なにより、小ぶりの剣なのに見た目よりとても重量がある。

まじまじと見つめ、その意匠が猛禽を模したものであることに気がついた。

「——抜いてみるか？」

あまりに注視していたせいか、いつのまにか軍衣にまで袖を通していた青年に問われる。

「いいの？」

「特別にな」

非戦闘員の家系であり兵士に苦手意識を持っていい る英理ではあったが、美しく凝った細工の施してある剣の刀身は、どれだけ綺麗なものなのだろうと興味をそそられていた。

どきどきしながら柄に手をかけたそのとき、背後から「英理！」と鋭い声で呼ばれる。反射的に振り返ると、父が立っていた。

「父さん？」

血相を変えた父が大股で英理に歩み寄ってくる。その様子から、咄嗟に手に持っていた剣を青年に返した。父があういう表情をしているときは、必ず平手か拳《こぶし》が飛んでくるのを経験上知っていたからだ。

乱暴に腕を引かれ、その意図を問うより先に頬を張られた。


「……っ」

ばちんと大きな音が鼓膜に響き、視界が揺れる。

「お前は、なんと畏れ多いことを……！」

父は顔面蒼白のまま英理の頭を地面に押し付け、自らも同じように叩頭《こうとう》した。どう見ても年下の青年に頭を下げる父に驚愕《きょうがく》する。

「どうか、お赦しください。どうか……！」

「そんなに畏《かしこ》まらずともよい。それに、彼にその振る舞いを許したのは私だ」

先程までとは違って少々威厳を持たせた、ほんの少し苦笑を交えた声が落ちてくる。それから、痛いくらい頭を強く押さえつけていた父の手が外された。促されるように顔を上げると、対面に青年がしゃがみ込んでいる。

汚れた英理の額を指先で撫でて、彼は微笑んだ。

「また遊ぼうな。――英理」

そう言って、颯爽《さっそう》と去っていく。

名前を呼ばれたことと、至近距離で改めて見た彼の笑顔に見惚れてしまい、英理は身動ぎができない。

そして返事をしなかったことで、また父の拳骨を食らう羽目になった。

その夜、英理は青年――亜蘭《あらん》の名と、彼が現王の弟であり前王の末の王子という身分、そしてその日ひとつの戦が収束したことを知った。

亜蘭は、英理の想像していたとおり勝ち星を挙げた戦の帰りであった。現王の弟であるにもかかわらず、戦の折には必ず参加するような血気盛んな人物なのだという。そしてお飾りの将として後方に構えているのではなく、自ら前線に立つのだそうだ。

鎧の上に纏う軍衣は本来黒や紺などの濃色が使われるが、彼は好んで薄色のものを身につける。前線の将の軍衣が返り血に染まると、戦意と士気が上がるかららしい。

これからも恐らく剣や槍をふるって戦うことがないであろう自分には、背筋が寒くなるような理屈である。

亜蘭の繊細な外見からは想像できない話でもあるし、一方で、彼と接した感じからは納得するような話でもあった。

それから三日後、英理がいつものように禽舎で水禽に餌をやっていると前方から足音が近づいてきた。

「――よお」

英理は顔を上げ、すぐに跪く。

「おいおい、そんなことしなくていいって」

そう笑って頭を強い力でぐりぐりと撫でられ、転びそうになる。しなくていい、とは言われたものの、父の顔が頭に浮かんでしまって身動きが取れない。

黙って俯き跪いたままの英理に焦れたのか、亜蘭は英理の腕を掴んで無理矢理立たせ、その勢いのまま片腕で抱き上げてしまった。

見下ろす形になり、英理は目を白黒させる。亜蘭はいたずらが成功した子供のように、にっと笑った。

「いいって言ってるだろ。なんだよ、この間会ったときは気安く話しかけてきたくせに」

「それは、あ、あなた、様が、どなたか知らなかったんです」

そんなことより下ろして欲しい。父に見つかったらまた怒られてしまう。

そわそわしている英理に気づいているだろうに、亜蘭は下ろしもせずに、ふうんとつまらなそうに言った。

「なんだ、そもそも俺が何者なのか知らなかったのか。お前」

だって、と反駁しそうになって口を噤む。


戦には大人になってからも出る予定はないし、王城にだって自分のような庶民の子供は用事がない。凱旋の際などの行列も、兵士に憧れのない自分はあまり見物に行くこともなかった。時折、弟たちにせがまれて付き合う程度だ。

英理には妹が一人と、三人の弟がいるが、そういったお祭り騒ぎに興味がないのは自分だけだった。

「……大変なご無礼をいたしました。ご厚情を賜りましたことを、深く感謝いたしますとともに――」

「あー、やめろやめろ。お前みたいな子供からそういう言葉を聞くと痒《かゆ》くなるんだよ」

遮って、亜蘭は本当に嫌そうな顔をする。そうまで言われては無理を通せないと、口を噤んだ。

そんな英理に満足げに笑ったあと、ふと彼は右目を眇める。その長い指が、英理の唇の横に触れた。

「どこかにぶつけたのか?」

触れられてもあまり痛くないので一瞬なにを言わ

れているかわからなかったが、ああ、と頷く。そこには、青黒い痣《あざ》ができている。

「父に打たれたときの痕です」

英理の答えに亜蘭は瞠目し、渋面を作る。それほど強く打たれたとは思っていなかったのかもしれない。

あのとき彼が腰に佩いていたのは、国宝である剣だった。勝運に恵まれた宝剣であり、元来宝物庫に厳重に保管してあったものを亜蘭が戦に出始めた折に持ち出したのだという。

負ければ国宝は奪われる。そうさせない自信が彼にはあり、その自信に裏打ちされた強さがあるからこそ、それは未だに彼の手の中にあった。

しかし通例であれば触れることはおろか、庶民では目にすることすら許されぬ代物だ。

亜蘭が腰に佩いている剣ということはつまり宝剣であり、眼前に晒された時点で目を逸らし跪くのが庶民として正解だった、ということである。それが「常識」というものだ。

そんな大事なものを最前線に携えていくのはどうなのかと内心思ったし、それほど無防備に持ち運ばれているものならばあんなふうに打たれる必要もなかったのではないかと不満はあったけれど、父の機嫌を損ねるのは本意ではないので、文句を言わなかった。

亜蘭は柳眉《りゅうび》を寄せ、大きく嘆息する。

「……なるほど」

「父は一族郎党死罪となるのではないかと、毎日戦々恐々としております」

淡々と言うと、亜蘭はぎょっと目を瞠った。

「たかだか剣に触れたくらいでそんなことするか！遣いもなにもやってないだろうが！」

「ですが」

「あーもう、悪かった。悪かったよ。そもそもあれをお前に持たせようとしたのは俺のほうだろう。確かに、他に見ている者があればそれを咎めようとするかもしれんが、俺はそんなことはしないから安心しろ。そう親父に言っておけ」

少々ばつが悪そうに言って、亜蘭は優しく英理の唇の横に触れた。

「……そうじゃないな。俺が、改めて遣いなりを出してきちんと赦しておけばよかった話だったな。すまなかった」

予想外の言葉に、なんと答えたらいいのかわからなくて英理は目を瞬《しばたた》かせる。

「今夜改めて遣いをやる。それから、詫び代わりというわけではないが、困ったことがあったら俺になんでも言え。なんとかしてやるから」

「あ、ありがとうございます……」

――やっぱり、みんなの評判と違う。

あれから英理は、自分の家族や他の職人家族などに、亜蘭がどういう人なのか訊いたりしてみたのだ。それによるととにかく戦には滅法《めっぽう》強く、なにより人を斬ることに躊躇《ちゅうちょ》がない。戦場にいる彼はまさに鬼神のようだと。兵士にとっては畏怖《いふ》とともに憧れの対象とされていると。

自分の目から見た亜蘭は気さくな青年で、怖いところはなかった。聞けば聞くほど、あの日見た彼とかけ離れていて不思議に思っていたのだ。

確かに、変わった王子なのかもしれない。その強さから恐れられているのかもしれない。

けれど、子供の傷を気遣ってくれるような面があり、庶民に「すまなかった」と躊躇なく言えるのが、英理にとっての亜蘭という人だ。

――でも、謝らせたなんて知られたらまた父さんが怒るかな。

亜蘭はああ言ってくれたけれど、やはり父の反応が「常識的」なことではあるのだろう。

父は、亜蘭が構わないと執り成してくれたことを聞き逃していたわけではない。だがそのことを踏まえた上で「振る舞いそのものは罪には問われないかもしれない。だが、物を知らないことは罪だ」と言った。

――こういう人だから、俺自身が気をつけないといけないのかもしれない。

眉尻を下げた英理に、亜蘭は困ったように笑った。

「なんだ、まだなにか不安か？」

「いえ。……それより、あの、下ろしてください」

落ち着かなくて言うと、しぶしぶといった様子で下ろしてくれる。餌を途中で取り上げられる形になった水禽たちが、わらわらと寄ってきた。ごめん、と言って餌を撒く。

「懐いているものだな」

群がる水禽を指してそう言った亜蘭に、英理は苦笑する。

「餌を撒いているからですよ。そうでなければ見向きもしません」

「そういうものなのか？」

「そうです」

水禽類の中には、孵化《ふか》した瞬間に目の前にいたものを親だと認識する種類もあれば、たとえ目の前にいても特定の条件が揃《そろ》わないと親と認識しない種類もある。鳥飼いでは基本的に、その本能行動を利用して人間を親だと思い込ませるような飼育はしない。

「俺のことを俺として認識してるわけじゃないというか……でも、うちの弟は本当にすごいですよ」

すぐ下の弟の有理は、鳥を懐かせるのが上手だ。鳥を呼ぶのに餌などを必要としないし、禽舎で飼育している鳥でなく、野生のものでも容易に手懐ける。親だと認識されているわけでもないのに、彼には鳥が寄っていくのだ。

年が近い男兄弟だというのもあってか、比較される場面も多く、自慢に思う一方で引け目に感じることも多々あった。

父は長男である自分より、次男である有理に目をかけているほどだ。

「へえ。猛禽にも餌をやったりするのか」

「いいえ、子供のうちは水禽の小屋にしか入れないんです。成人したら、やっと猛禽に関われるようになります」

自分が王族に関して疎いのは、それが理由でもあった。

水禽は猛禽と違い、王族と密接に関わる生き物ではない。水禽と王族の接点は、食事として提供される程度だ。

「俺はあと数ヶ月で成人になりますが……でもきっと、俺なんかよりもすぐ下の弟のほうが上手く飼育できるようになると思いま――いたっ」

唐突に後頭部をはたかれて、英理は目を白黒させる。頭をさすりながら暴挙を働いた主を見上げると、亜蘭は腕を組んでふんぞり返っていた。

「さっきから、なんだその卑屈な言葉は」

言い当てられて、ぐっと言葉を呑む。

卑屈。自分が弟に対して抱いている気持ちはまさしくそれだ。図星を指されたことが恥ずかしくて、顔が熱くなる。

けれど亜蘭は、羞恥で俯いていた英理の頭を、今度は優しく撫でた。

「……ま、わからんでもないがな」

苦笑交じりのその声には共感が混じっている気がして、思わず顔を上げる。

「身近に出来のいいのがいると、そうなるのも当然だろう。俺の場合は、俺以外が皆優秀だからな。何故お前はそうなのだ、と子供の頃は何度言われたことか」

「亜蘭様も？　でも、亜蘭様は何度も戦功を挙げられて」

「そう、それだ」

びし、と人差し指を突きつけられて、英理はたじろぐ。

「子供の頃は、勉強嫌いで品行方正でもない、とにかく喧嘩や戦場に首を突っ込むのが好きだった俺は、『乱暴者で下品な王子』でしかなかったわけだ。だが、力をつけ、目に見える形で奏功すればこうして『戦神』や『鬼神』などと呼ばれるようになる」

まあ、扱いに困られているのは今でも変わらんがな、と冗談とも本気ともつかないようなことを言って亜蘭は笑う。

けれど、その言葉はすとんと英理の胸に落ちてきた。

瞠目したまま見上げる英理の様子でそのことを察したのか、亜蘭が英理の頭を軽く叩く。

「お前のできることを探せばいい。そして、それがいつかお前にしかできないことになる」

認められたい、という気持ちが漠然《ばくぜん》とあった。けれど、なにをすればその気持ちがなくなるのかがわからなかった。

だから口では弟のことを褒めて、羨んではいけない、だって自分はなにもできないのだからと己を律していたのだ。

「見つかるでしょうか。俺にしかできないこと」

「見つけるんだよ。自分でな」

そう言って亜蘭は英理の手から餌の籠を奪い、残っていた餌を全部ぱあっと撒いてしまった。足元に勢いよく群がった鳥たちに、楽しげに笑う。

子供のようないたずらに呆気《あっけ》にとられたが、英理も笑った。

——変な王子様。

とても強くて、戦場では何人もの敵を屠《ほふ》り、大人たちからは恐れられている。

けれどこうしていたずらをして無邪気に笑い、英理の頭を優しく撫でてくれて、そして卑屈になるなと諭《さと》してくれる。

変だけど、全然嫌な感じはしない。一緒にいると胸の奥がぽかぽかして、わくわくしてくる。

明日もまた会えるかな、と鳥と戯れる王子の横顔を見ながら思った。


亜蘭はそれから時折禽舎に顔を出すようになった。それも英理が一人になるのを見計らって、こっそりやってくるのだ。

曰く、大人がいる際に顔を出すと色々と煩わしい。

確かに、大人たちは亜蘭の姿を見ると地面に顔を擦りつけるようにして礼をする。気にしなくていいと言っても、亜蘭が立ち去るまでは基本的に動かなくなるのだ。

仕事の邪魔をするのは忍びない、ということでもあるのだろう。亜蘭が本当にそういった行動を面倒に思っているのは知っていたので、少々の躊躇はありながらも、英理は普通に挨拶《あいさつ》をする程度にとどめている。それがまた、彼にとっては楽な対応らしい。

いつも他愛のない話をして、約束もなく別れる。年齢も身分も違うが、きっと自分たちは「友達」なのだろう。

その日も、亜蘭は突然やってきた。

禽舎の掃除をしながら「こんにちは」と言ったらにやりと笑い、英理の膝を長めの胴衣ごと掬って抱き上げる。

もはや彼がやってきたときのお約束のようなもので、当初はいちいち驚いたり、下ろしてくださいと喚いたりしていたが、近頃はされるがままだ。きっと過剰に反応するのを楽しんでいたのだろうし、無反応な自分に飽きて早くやめてくれないかなと内心思っていた。何故か一向にやめる気配はないけれど。

「随分と久しぶりだな。寂しかったぞ」

大人で、喋り方は身分なりに偉そうなのに、まるで弟たちのようなことを言う亜蘭に笑ってしまう。

「お前、しばらく姿を見ないと思っていたら熱を出していたんだって？」

出し抜けに言われ、英理は首を傾げた。

「はい。でも何故知ってるんですか」

「弟――有理といったか？　それに聞いた。顔がお前とそっくりだったな」

――有理と、喋ったんだ。

自分がいないときにはすぐに帰ってしまっていたかと思っていた。英理の分まで水禽の世話をしていた弟の有理に、彼は声をかけたのだ。

英理の居所を、いかにも英理の弟という姿形の有理に訊くのは当然だ。だから自分が臥《ふ》せっていたことを知っているのだなと納得する一方で、鳩尾《みぞおち》のあたりが渦を巻くような、変に重苦しい気分に陥る。胸が蟠《わだかま》って気持ちが悪い。

その理由が知れなくて胸を押さえたら、亜蘭が怪訝な顔をした。

「どうした？　まだどこか悪いのか」

「え、いえ」

「それにしても、随分長いこと患《わずら》っていたんだな。あんまり病状が快復しないなら薬師をやろうかと思ったぞ」

そんなことをされたら、父や祖父が驚いてひっくり返りそうだ。慌てて首を振る。

「とんでもない。別に、患っていたとかそういうのではないので」

「そうなのか？」

よいしょ、と抱き直した亜蘭の固い掌が膚に触れる。その感触に「また戦に出ていたのですか？」と訊いたら、彼は瞠目した。

「驚いたな。戦などに関心がないと思っていたが……何故そう思った？」

この国のある大陸ではいつも大小様々な戦が起っており、亜蘭の言うとおり英理はいちいち細かに把握はしていない。

咄嗟に口をついて出てしまったことだったので、理由を訊かれてしばし言葉を探す。

「掌の感触が違うんです。いつもより硬く、熱を持っているというか……あと、力の入り方が違う感じがします」

戦帰りの亜蘭の手はいつもそうだ。だから、経験則でわかるようになった。

返答に、亜蘭はふむと思案する。

「剣を持っていたかどうかということか？　だが、俺は普段から鍛錬しているからそう感触が変わるとは思えないが」

「そうなんですか？　でも違う感じがするんですよね……多分、鍛錬と実戦では、掌、そして腕や肩や腰にかかる負荷が違うせいだと思います」

それはつまり、鍛錬と実戦で斬るものが違う、という事実に繋がっているのだ。恐ろしげな背景は、深く考えないようにすることにした。

それに、酷使した筋肉は張って熱を持つ。だからいつも、戦帰りのときはほんの少し平時より体温を高く感じるのだ。

亜蘭は喉を鳴らして笑う。

「そんなこと、今までこの膚に触れた誰にも指摘されたためしはないぞ。掌がとか筋肉がとか、体温が高いとか、そういう理由では」

ちょっと含みのある言葉に内心首を傾げながらも、そうですかと返す。

「俺も、亜蘭様以外ではよくわからないです」

素直に答えると、亜蘭はうかがうようにまじまじとこちらを見て、そして満面の笑みになる。

「まだ子供のくせに、目敏《めざと》いな」

呵々《かか》と笑って、まるで子供にするように高い高いをされた。長身の彼に持ち上げられると、信じられないくらい目線が高くなって怖い。

けれど正直に怖いと言うのも憚られ、「子供じゃないです」と言うにとどめた。

「なにを、まだ子供だろうが」

「違います！　俺、成人になったんです」

今にも英理を振り回しそうだった亜蘭が、ぴたりと動きを止める。

「そうなのか？」

「そうなんです」

やっと地面に下ろしてもらい、ほっと息を吐く。

「だが、まだ年が明けていないじゃないか」

「成人の儀は、生まれた日で執り行うんです」

へえ、と亜蘭は感心したように頷く。王侯貴族と庶民では、諸々行事の仕切り方も違うようだ。

「ふうん……そうか、もう少し先だと思っていたな。――よし、英理。俺からの成人祝いだ。なにか欲しいものがあったら言ってみろ」

「えっ……」

「遠慮するな。なんでもいいぞ」

「えっと……」

いまのところ、欲しいものも困ったことも特にない。それに、たとえあったとして、庶民でしかない自分が王弟である亜蘭からなにかを受け取っていいものかもわからない。

父や祖父に知られたら、また上へ下への大騒ぎになり、叱責《しっせき》される可能性もなくはなかった。

だが、何故か期待したような目でこちらを見る亜蘭に、「なにもいりません」とも言いづらい。

「それから、困ったことがあったらなんでも言え。

なんとかしてやる」

以前も同じ言葉をかけてもらったが、今まさに困っていますとも言えない。

ううん、と頭を悩ませ、「あ」と声を上げた。

「お、なんだ。なにが欲しい？」

前のめりに問いかけられ、躊躇しながらも以前から考えていたことを口に出してみる。

「猛禽を、育ててみてもいいでしょうか」

予想外の言葉だったらしく、亜蘭はきょとんと目を丸くする。

「……それは俺の管轄ではなく、そちらの事情ではないのか？　成人したら、猛禽の飼育もできるのだろう？」

以前英理が言ったことを覚えてくれていたらしい。そのことを意外に思いつつも、そうではないのだと頭を振る。

「そうではなくて、ええと……それとは別に、雛から育ててみたいというか」

亜蘭と初めて会ったとき、「お前のできることを探せばいい」と言われてから、英理はずっと考えていた。

自分にしかできないこと。まだ誰もしていないこと。それは一体なんなのか。

「猛禽は、陛下をはじめ、王族の皆様方へ献上するためだけに飼育されています。その目的は、観賞です」

猛禽は王の私有物として扱われるが、王族と接する機会は殆どない。時折禽舎に立ち寄り鑑賞するか、なにかの儀式や祭典の際に、王や王族の傍らに「象徴」として置かれるだけだ。

「そうではなく、別の使い方ができないかと考えたんです」

「ほう」

楽しげな、試すような笑みを浮かべて、亜蘭は「言ってみな」と促した。

「ひとつは、狩りです」

禽舎内でただ飼育しているばかりでは、猛禽の類はすぐ死んでしまう。だから時折外に出し、飛ばして空を回遊させるのだ。

そのとき、椋鳥《むくどり》や鵯《ひよどり》など小さな鳥を獲ってくる個体がいる。それを見ていて思いついた。

「慣らし、訓練すれば、狩りを行えるのではないかと思いました。……思いついてから少し観察してみたのですが、小型の鳥の他、兎《うさぎ》や狐《きつね》、狸《たぬき》、狗《いぬ》など、小型の動物なら獲物として狙うことが可能なようです」

ちらりと亜蘭の表情をうかがうと、先程より笑みが深まっていた。けれど眼《まなこ》の光は鋭いような気がして、英理は口を閉じる。

「『ひとつは』ということはまだあるのか?」

「あ、ええと、はい。もうひとつは、戦場での利用です」

その回答は意外だったようで、亜蘭は目を瞬いた。

非戦闘員の一族ということもあるが、それにしても戦に対しての興味が希薄だった英理の口から、軍事利用をするという言葉が出るとは思わなかったのだろう。

「……へえ? どうやって使う?」

「そちらについては、まだ考えはまとまっていないのですが」

熱に浮かされて寝込んでいる間に、ぐるぐると考え込んでいたことを、英理は話す。

ひとつは伝達。今でも戦においては帰巣本能の強い鳩を一度に複数羽利用しているが、鳩は伝書を運んでいる途中、野生の猛禽や獣などにやられることがある。鳩は帰巣本能が強く長距離に滅法強いという利点があるが、個体としては弱いので、近距離や中距離の場合に猛禽と併用すれば確実性が上がると考えた。翻《ひるがえ》って、敵側の伝書鳩を狩る、という使い方も想定できる。

もうひとつは、本拠地や敵地の巡見、陣形の確認など、人間の目ではなかなかしにくい――動物相手では警戒しがたい視察を目的とした利用だ。

具体的な飼育方法や使用する猛禽の種類、実用に至る可能性の高さなどは未知数だが、とにかくひたすらに自分の考えを伝えた。

「……ただ、猛禽はすべて『王族のもの』です。一介の鳥飼いでしかない俺が、個人でどうこうしていいものではありません。だから、亜蘭様のお許しが頂けたらと、そう、思いまして」

夢中になって喋ってしまったが、なかなかに大それた発言をしていることに気づいて尻すぼみになる。

亜蘭の様子をうかがうと、黙って話を聞いていた彼は思案するような表情をぱっと笑顔に変え、英理の頭をめいっぱい撫でた。体が傾ぐほど揺らされて悲鳴を上げそうになる。

「よし、俺が許可を出そう！」

「え……っ、本当ですか⁉」

許可を得られて、英理は思わず大声を上げてしまった。

「ああ、許す。やってみろ。それ用の小さな禽舎を俺が造らせてやる」

まさかの申し出に、英理は興奮してしまう。

「あの！　それともうひとつお願いが！　そこに弟の有理も加えていいでしょうか」

「弟……ああ、そういえば鳥を手懐けるのが異常に達者なんだったか」

記憶力がいいのか、以前会話の中でなにげなく話したことをまたしても覚えてくれているらしい。「構わないぞ」とすぐに許可を出してくれた。

「だが、弟を参加させるかどうかは、鳥飼いの決まりがあるんだろう？」

「弟も、あと三年もしたら成人です！　そのときには今育てている雛も成長しているし、そうしたら猛禽を自在に操ってくれると思うんです！」

興奮してまくしたてる英理に、亜蘭が目を瞬く。

「まあ、俺のほうは別に構わんが」

やった！　と飛び跳ねて喜んでいたら、亜蘭は呆気にとられたような顔をした後、小さく噴き出した。

一応、王族の御前だったと思い出し、慌てて姿勢を直す。

亜蘭はにやりと笑い、英理の肩を抱き寄せた。

「なあ、一個訊いていいか？」

「はい！」

許可を得られたのが嬉しくて、もうなんでもどうぞという気分で勢いよく頷く。亜蘭は英理の耳元に唇を近づけた。

「――お前、俺から許可を取る前に、既に雛を育てていただろう」

楽しげに問う声音に、ざっと血の気が引く。

彼の言うとおり、実は英理は有理も交えて、兄弟だけで秘密裏に猛禽の飼育を始めていた。家族にばれると大事になるので、山でひっそりと育てていたのだ。

一体どこで気づかれたのか、興奮のあまり失言をしただろうかと己の発言を顧みるも、激しく惑乱しているせいで判然としない。

冷や汗をかいていると、くっくと喉を鳴らして亜蘭が笑った。

「……いえ、そんなことはないです。全然」

「否定するときは即座にしたほうがいいぞ」

しらを切ろうとした英理の発言を容赦なく斬って、亜蘭は英理の頬を撫でる。自分の顔が強張っているのがわかった。

「まあ、なんの裏付けも根拠もなく机上の空論で計画を立てるやつよりも、事前に試みることを知っているほうが万倍いい。強《したた》かなところがあるほうが、面白いしな」

それは俺のことでしょうか、と内心肝《きも》を冷やしながらも口を閉じてやり過ごす。

蛇《へび》に睨まれたような気持ちを味わっていたが、亜蘭は軽んじられたと怒るでもなく、寧ろ楽しげだ。

「まあそのへんの話はさておき、お前の話は俺個人にとっても非常に魅力的な話だ」

「そうなんですか？」

「英理、魘魅《えんみ》と言ってわかるか？」

問いかけに、曖昧に頷く。

魘魅というのは、超自然的な方法でもって他者に災いを齎《もたら》す行為だ。使い手は呪禁師と呼ばれている職業の人々で、医師や薬師などと同じ部署に所属している。

その手段や方法も様々あり、効果も数多あるといわれていた。祈りを捧げたり、あるいは動物を使役したりして、危害を加えることもある。どのような方法が用いられるかなどはわからないが、それくらいのことは知っている。

「俺は割と、その手の攻撃を受けやすい」

「そうなんですか⁉」

「今までにも数度、この手の呪いにはやられたことがある。接近戦で敵わないとなると、飛び道具を使ってくる敵がまあまあいるということだ」

せめていつも同じ動物なら警戒のしようがあるのだが、と亜蘭は息を吐く。

とにかく戦に強いのだという話は聞いていた。鬼神などと呼ばれる男には真っ向勝負では敵わない、ならば毒や呪いで殺してやろうという目論見なのだ。

亜蘭は戦帰りにすぐ姿を見せるときと、数日置いてからやってくるときがあった。それは単に仕事の都合や気分によるものかと思ったが、もしかしたら魘魅や毒などで体調が悪いこともあったのかもしれない。

よほど険しい顔をしてしまったのか、亜蘭が苦笑する。

「まあ、それも戦い方の一種だ」

「でも狡《ずる》いです、そんなの」

「厄介なのは確かだな。どうも、敵側に動物を使役するのが得意なのがいてな。狗や蛇、鳥や猫《ねこ》が毒を運んでくるんだ。戦場において、俺が『敵』と認識するのは人間だ。動物のことまでいちいち気にしていられない」

亜蘭に限った話ではないそうだが、戦いの最中、気分が高揚して五感が鈍ることがあるのだという。

「感覚が研ぎ澄まされるようでもあるし、半面なにも感じなくなるような、不思議な感覚だな。そういうときに、狙われる」

そのようなときは周囲の音が聞こえなくなり、痛みなどもわからなくなるのだそうだ。だから毒を宿した動物に噛みつかれても、爪で引っかかれても、すぐには気づけない。そして戦が終わる頃には、全身に毒が回っているというわけだ。

「――そこで、お前らの育てる猛禽だ」

唐突に猛禽の話に戻って、英理は目を瞬く。

「動物を使った呪いにおいて、その動物を殺す。そういう使い方ができそうだろう？　一方的にやられっぱなしで、腹が立つからな」

朗らかに言いながらも、亜蘭の瞳には憤怒《ふんぬ》の炎が浮かんでいる。毒は肉体的にも苦しいだろうが、やられっぱなしの悔しさもあるに違いない。

「……なるほど。実戦に出たことがないので、そういう攻撃のされ方があると知らなかったから思いつきもしませんでしたが、確かにそういうの、できそうですね。小動物を狙うのは、猛禽は得意ですし」

ふむ、と頷き、思いついたことを口にする。

「逆もできますよね」

「逆とは？」

「俺には呪術の仕込み方なんてものはわかりませんが、猛禽の爪に毒を仕込んでおくのはどうでしょう？　悦哉《えつさい》という、鳩よりも小さな鷹がいるんです。それで、術者を直に狙う。きっと油断していますし、悦哉は小さいから見逃しやすいかもしれないです」

　戦場で祈禱する術者、あるいは奥に控える敵の将を狙う。英理たちは手甲をつけているので、毒が回る心配はない。

「そんなふうに操ることができるようになったら、俺が——猛禽が、亜蘭様をお守りすることができます」

　そんな提案をしてみると、亜蘭は英理をまじまじと見つめ、破顔した。

「そうか、俺を守るか」

　馬鹿にするでもなく、おかしげに笑う。

「鬼神と恐れられる俺を守るだなんて言うの、お前くらいだぞ！　面白いなー、英理。本当に子供にしておくのが惜しいな」

「だから、俺は子供じゃありません。もう大人です！」

　むにむにと英理の頰をつつく亜蘭を見上げて言うと、彼はほんの少しの間のあと、揶揄うような、意地悪な笑みを浮かべた。

「まだ小さなくせに、なにが大人だか。この間会ったときとなにも変わっていないだろうが」

　その言葉にむっとして、「変わりましたよ！」と反論する。

　感情的になってしまうのは、成人の儀を終えてちょっと誇らしくなっていたからだ。この数日の、そして先程までの上機嫌に水を差された気分になった。

「どこがだ。全然……」

「見ますか⁉　ほら！」

　むきになって、英理は長い上着の裾《すそ》を捲《まく》った。顕《あらわ》になった太腿《ふともも》に、亜蘭がぎょっと目を瞠る。

「っお前なにを見せ……っ、おい、まさかその下なにも穿いてないのか⁉」

「下着は穿いてます、変なこと言わないでください！　それよりほら！」

見て欲しいのは下着ではない、と苛立ちながら、英理は脚を軽く開いて内腿を亜蘭の眼前に晒した。

白く柔らかなそこには、大きな黥が施してある。

亜蘭は目を見開いてそれを凝視していた。

「熱を出して寝込んでいたのも病気ではなく、これを彫ったせいだったんです」

職人の家系は、十二歳――成人を迎えると初めての黥を入れる。これが、成人の儀の定番の行事だ。

だが、それは体に傷をつけることと同義なので、施してからしばらくは熱を出す者が多い。特に英理の場合、化膿しかかってしまったため長引いたのだ。

だから、この数日は高熱に困らせられていたが、それでも成人となった誇らしさから、英理の機嫌自体は良かった。

ただ、黥の影響でまだ皮膚が痛くて、今日も下穿きを着用していない。長めの胴衣を着て長靴を履《は》くというのが、このところの格好だ。

「――っ、痛」

さあどうですと問いかけるより早く、亜蘭は英理の膝の上を掴んだ。まだ熱を持つ黥には触れられなかったが、走った痛みについ声を上げてしまう。

「……誰が、これを彫った？」

「祖父です」

黥の職人も存在するが、成人の儀で最初に施すのは家長と相場が決まっている。例に漏れず、英理の膚に墨を刻んでくれたのは祖父だ。

「どうです？　俺、ちゃんと大人ですよ」

子供発言を撤回して欲しいとばかりに胸を張ってそう伝えるも、亜蘭は無言で黥を注視したままだっ

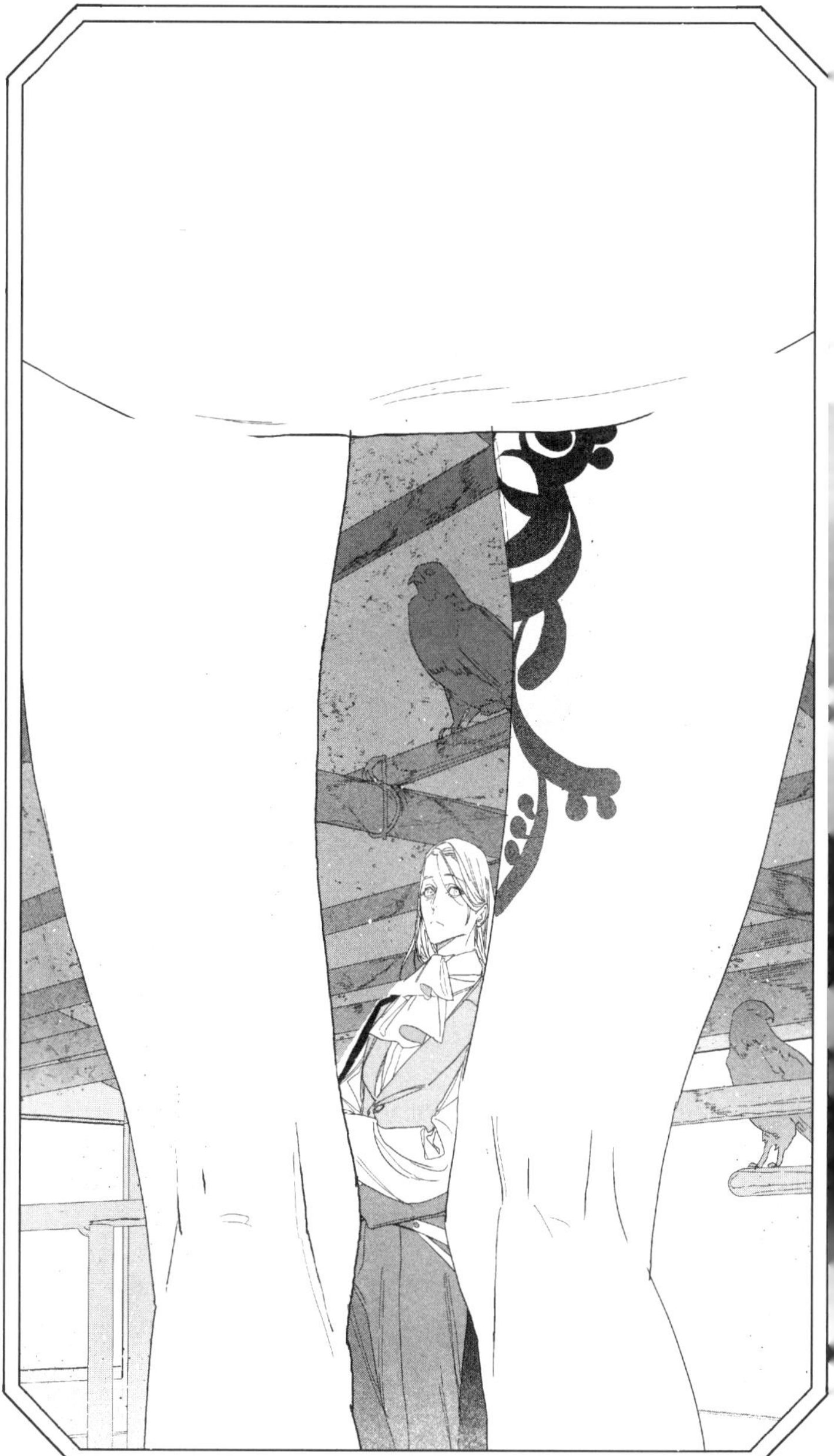

た。

　大人になったんだな、とか模様が綺麗だ、とか、お世辞までは望まないにしろなにか反応がもらえると思っていたのに、英理は肩透かしを食らう。

　顔を覗き込むと亜蘭は唇を引き結び、それから服の裾を摑み、下ろさせた。英理から視線を逸らして、苦々しい顔になっている。その顔を見て英理は不安に駆られた。

「亜蘭様？」

「――大人だというなら、そんなふうに振る舞うんじゃない」

　強めの口調で言われ、凍りつく。

　大人なのだと感情的に主張すること自体がまだ子供なのだと、そういうことなのだろう。頰が一瞬で熱を持ったのがわかった。

　褒めてもらえると思っていた自分が恥ずかしくて、褒めてもらえなかったことが悲しい。泣きたいような気分を抱えて、英理は俯いた。

「……すみません」

　絞り出した声が湿っていたのがまた情けない。このまま地面に穴を掘って埋まってしまいたかった。

　亜蘭がはっと視線をこちらに向け、狼狽えるように言葉を探している。

「いや、すまん。違う。そうじゃなくて……くそっ」

　吐き捨てるような声にびくりと体を竦ませると、亜蘭はもう一度、今度は彼にしては珍しい穏やかな声で「違う」と言った。なにが違うのかわからず唇を引き結ぶ。

「怒鳴って悪かった。お前に対して怒っているというわけではなくて、寧ろ俺自身が」

　歯切れ悪く言い訳を口にして、亜蘭が嘆息する。

「いや、そんな話はどうでもいいな。……言うのが遅くなったが、成人おめでとう」

　先程までとは打って変わって、黥を見てやっと認めてくれたのかどうか、茶化すふうでもない。突然の真面目な声音に戸惑いながらも「ありがとうございます」と返す。

「――祝いの品は、後日届けさせる」

ふっと視線を逸らし、亜蘭は英理から身を離した。そして、いつものように姿を見せるときと同じ唐突さで去っていく。

いつもどおりのはずなのに、いつもと違うように思えて、英理は首を傾げた。

彼もだが、自分自身もなにかが違っているような気がする。

胸がどきどきと早鐘を打ち、けれど悲しいときと同じように引き絞られるように苦しい。それはきっと、亜蘭の態度がなにかを誤魔化すようだったからだ。

――俺のこと、嫌いになっちゃったのかな。

そんな考えが過《よぎ》ったが、すぐに心の中で訂正する。

身分も違うし、関係性もよくわからない間柄なのに、そもそも好きも嫌いもなかった。

ただ、英理の幼い振る舞いに怒って、呆れたのかもしれない。そうじゃないと言ってくれたけれど、結局なにが「そうじゃない」のかもわからない。問おうにも、亜蘭はまるで逃げるようにいなくなってしまった。つい先程まで楽しく喋っていたのに、突然突き放されたような気持ちになって、戸惑う。

疼くように痛む胸を押さえて、英理はその場にしゃがみ込んだ。

――どうして、こんなに苦しいんだろう。

亜蘭様、ともういない男の名前を呼ぶ。

地面にぽつりと落ちた涙をまだ痛む踝のせいにしようと思ったけれど、胸の疼きの正体を英理はぼんやりと自覚しはじめていた。

「昊《こう》！　降りてこい！　昊っ……ああ、もう」

空高く飛び回ったまま帰ってこない猛禽に、英理は嘆息する。

七年ほど前に王弟である亜蘭から成人祝いとして直々に下賜された雌の狗鷲は、昊と名付けた。鳥飼いが新たに管理を任ぜられた猛禽用の禽舎で育てているが、昊は英理個人の財産だ。

下げ渡した人物に似たのか、やたら好戦的で自由気ままな性格である。早い話が、気分屋で言うことを聞いてくれない。

何度指笛を吹いても、大声で呼びかけても、先程から戻るように合図を出し続けているにもかかわらず、昊は聞く耳を持たないとばかりに悠々《ゆうゆう》と旋回している。こうなると満足するまで戻ってはこない。

「ったく……」

今日の昊はやけに気分が高揚しているというか、落ち着きのない様子だった。嫌な予感がしながらも、不機嫌になられるのも困るので連れ出したが、案の定だ。

――今日はいつになったら言うこと聞いてくれるかな。

肩を落としたまま、やれやれと地面に腰を下ろす。

――有理を連れてくればよかったかな。

現在、亜蘭の許可を得て数種類、合計五羽の猛禽を育てているところだが、悔しいことに猛禽たちは英理よりも三歳年下の弟――有理の言うことのほうをよく聞いた。主に面倒を見ているのは英理だというのに。

まだ本格な実戦への投入には至っていないが、二人の育てた猛禽は亜蘭主導のもと既に試用が開始されている。そして使役する役目は、主に有理のものだ。

英理は育て、懐かせるところまでは上手くいったものの、操る段になるとどうにもならなかった。教えると覚えてくれるけれど、言うことを聞いてくれないのだ。

「――おお、やってるやってる」

背後から出し抜けに聞き覚えのある声がして、英理は振り返る。

「えっ……どうしていらっしゃったのですか」

思わず口にしてしまった不躾な言葉に、亜蘭は苦笑した。

「城から、猛禽が飛び回っているのが見えたからな。……それにしても、まるで俺が来たら迷惑だというような口ぶりじゃないか？　ん？」

「だって、戦から帰ってきたばかりなのでしょう？　今回は怪我をなさったと聞きましたよ」

兵士から有理づてに聞いた話によれば、此度の戦では、「鬼神」が敵の奇襲によって珍しく怪我を負ったのだと。

心配していたところにあっさりと顔を出したので驚いたのだ。

「怪我をしたときくらい、大人しくなさったらどうなんです」

「はいはい。まったく、そんな口を俺に利くのはお前くらいのものだぞ」

無礼な口を利くのを面白がる貴人も、亜蘭くらいのものだ。

初めて言葉を交わして数年の月日が経ったが、亜蘭は変わることなく英理に気安く接する。

成人した日にやけによそよそしい態度を取られたことで「もしかしたら自分は嫌われてしまったのかも」と不安になって泣いたこともあったが、彼はその後も変わらず英理の前に現れた。

そのことに安堵した半面、英理は大人になると同時にそれまでのような無邪気な心でいられないことも自覚したのだ。

じっと顔を見ていたら、亜蘭が首を傾げる。

「――なんだ？」

初めて会ったときには微かに残っていた幼さが、亜蘭からは抜けた。

自分も歳を取ってそれなりに成長したが、それでも同年代の男よりは随分と華奢だ。今の自分はあの頃の亜蘭と殆ど年が変わらないはずなのに、当時の彼よりも背が低く幼い顔立ちをしているという自覚はある。

「俺の顔になにかついているか？」

「いいえ、なんでもないです」

亜蘭は変わらない。変わったのは自分だ。——彼に恋をしていると、知ってしまった。

あのときの胸の痛みを恋だと知ってから、もう何年もひとりでこの気持ちを抱えている。

——ままならない。

猛禽のことも亜蘭のことも——この世はままならぬことばかりだ、と心の中で息を吐く。

「それよりも、怪我の具合はいかがですか」

「まあ、怪我といったって、大したものじゃない。単なる『ただの毒』だ。ほら、見るか？」

そう言って笑顔で差し出された腕には、肘から下に、血の滲んだ包帯が巻かれていた。どうやらその下は爛《ただ》れているようで、言葉を失う。

「っ、大怪我じゃないですか！」

「かすり傷だろ？」

非戦闘員の自分には十分な大怪我だが、彼にとっては腕が繋がっている時点で軽傷らしい。どういう価値観だと目眩《めまい》がしそうになりながらも、恐々とその手に触れる。なんだか熱っぽい。

「……本当に、大丈夫なんですか？」

「ああ。毒矢が掠っただけだ。俺はただの毒には慣れているからな、すぐに治る」

「それでも心配です。慣れていたって、平気じゃないでしょう？」

なにかないとは絶対に言いきれない。憂虞《ゆうぐ》する英理に、亜蘭は心配するなと笑った。

　亜蘭は子供の頃から毒に慣らして耐性をつけていて、ちょっとやそっとの毒では体に影響は出にくいそうだ。

「『毒』よりも、今回は『呪』のほうが厄介だったな。攻撃の要《かなめ》が一人、やられた。敵陣には腕のいい術者がいるらしい」

「あ……」

　今回の戦では長槍の名手と呼ばれた兵士が一人、亡くなったのだという噂は聞いていた。戦闘中に狗に噛みつかれ、翌日には体が倍に膨れ上がって死んだのだとか。呪禁師の見立てによると、毒ではなく呪に間違いないとのことだった。

「毒は慣れるが、呪はいかんともしがたい。……こちらも対策を講じる必要があるが」

「……申し訳ありません」

「いや、鳥飼いだけの話ではない。本来これは呪禁師の管轄だしな。それに、お前らの猛禽たちは今回の戦でも十分役に立ってくれた。陣形を読んでくれるだけでもだいぶ有利に働いた」

「いえ、そんな」

　ありがたい言葉に頭を下げながらも、それは有理の手柄だということもわかっているので、自分がなんの役にも立てなかったというもどかしさが募った。

「――その猛禽だが、さっきからずっと飛んでいるようだが呼ばないのか？」

　亜蘭が空へ向かって指を差す。昊はまだ降りてくる気配がない。

「呼びましたけど、言うことをちっとも聞いてくれなくて。有理なら、こうはならないのですが」

　言ってしまってから、拗ねた物言いだと気づいて口を噤む。

「なに、お前にはお前しかできないことだってあるんだろう。そう言うな」

すかさず励まされて、英理は苦笑した。

「もう少し遊んだら、飽きて降りてくると思いま――っ、なに」

唐突に項に触れられて、びくりと背筋を伸ばす。大きく乾いた亜蘭の掌が、英理の細い首を摑んでいた。

「……また増えたな。戦の前は、なかったぞ」

膚を撫でられ、落ち着かない気持ちになりながらも頷く。

「え、ええ。今回のは凝っているでしょう？　これは、長男だけが入れていい模様なんです」

「……へえ」

猛禽の意匠をあしらった黥は、その世帯の長男に限定して入れられるものだ。英理たちにとっては誇らしいものである。

得意げに言ってはみたものの、高貴な身分の人には縁遠く理解しがたい風習のようで、特に感想は返ってこない。

亜蘭には痛みを伴うものをわざわざ膚に残すということ自体がとにかく不可解らしく、英理の体に模様が刻まれる度にこうして物珍しげに触れてくる。こちらは動揺を顔に出さないようにするので精一杯だというのに。

――相変わらず、心臓に悪い。

子供の頃のように出会い頭に抱き上げてくるようなことは流石になくなったものの、不意の接触にはいつも心臓が騒ぐ。

亜蘭にとってはただなにげなく触れているだけなのかもしれないが、好きな相手の膚の熱に、心を乱されてしまうのだ。

――最初は、「なんで褒めてくれないんだろう」って不満に思ったっけ。

幼く、文化の違いもわかっていなかった英理は、何故亜蘭が褒めてくれないのか、何故大人だと認めてくれないのか、と不思議で不満だった。

これが「身分の差」というもののひとつなのだと、今ならわかる。

「長男、ね。……つまり次代の家長が入れるってわけだ」

「そういうことですね」

ふうん、と相槌を打って、亜蘭は指でなぞるように緞に触れた。模様をなぞっているであろう指がやけに擽ったくて、そわそわしてしまう。

「そういう話はあるのか？」

「そういう話？」

「嫁取りだよ。もう遅いくらいだろう？」

十九になる英理は、確かにもう結婚して子供がいてもおかしくはない。ふたつ下の妹は、昨年同じ鳥飼いの別の家へ嫁に行き、じきに子供も生まれる。

だが、亜蘭から当たり前のようにそんなことを問われて、息が詰まった。

英理のことなどなんとも思っていない、という彼の気持ちがその言葉には現れている。

「……そんなこと、未だに独り身の亜蘭様に言われたくないのですが」

泣きそうになるのを必死で堪え、憎まれ口を叩く。

亜蘭は「藪蛇《やぶへび》だったな」と苦笑した。

亜蘭は英理よりも八つも年嵩だ。適齢期などとうに過ぎている。だが、彼は王族であるにもかかわらず、未だに一人として娶っていない。

「『鬼神』が怖いから、嫁のなり手がいないのだろう。まあ実際、お前くらいの年齢のときに見合い話はまあまあの数あったんだぞ」

「えっ⁉」

「だが、戦場帰りの俺を見ると大概お姫様が卒倒してしまってな。場合によっちゃ戦に随行したお父上のほうが『うちの娘には勿体ない』とか言って穏便に辞退する事案が多発して」

「……そう、なのですか？」

早い話が、戦場で血塗れになって高笑いをしながら剣を振り回す「鬼神」に娘を壊されるのではないかという懸念があったということなのだろう。

彼の答えに安堵してしまったことに自己嫌悪する。

「まあ、あとは真面目な話をすると『いらぬ火種を作りたくはない』というのはあるな」

「いらぬ火種？」

鸚鵡返《おうむがえ》しに問うと、亜蘭は右目を眇めて笑う。

「後継者争いだ。俺自身に王座を狙うつもりは毛頭ないが、そういう危惧《きぐ》を抱いている下臣も未だにいないわけじゃない。この上子供ができれば、ますます面倒な話になるだろう？　だから、俺は嫁を取る気は今後もない。兄上にもそう献言《けんげん》している」

「そんな……！」

一緒にいればわかるが、亜蘭は血の繋がった兄である王を心から慕っている。確かに戦に強く、戦が好きかもしれないけれど、一番は兄の世を栄えさせるために彼は戦っているのだ。

その亜蘭が、弑逆《しいぎゃく》を企むことなど絶対にありえない。

そんな疑いをかけられ続けているだなんて、ひどい。納得がいかず、英理は眉根を寄せた。

亜蘭は英理の様子に目を丸くし、それから小さく息を吐いた。

「お前がそんな顔をすることはない」

そう言いながら、子供にするように英理の頭を撫でる。

「でも、ひどいです。そんな、亜蘭様はそのようなお方じゃありません。……俺にはわからない、偉い人たちの考え方があって、立ち回り方があるのかもしれないですけど、でも」

悔しくてもどかしい。自分の気持ちを上手く言葉にできなくて唇を噛むと、亜蘭が苦笑した。

「うーむ……そういう顔をさせたかったんじゃないんだがなぁ」

そんな呟きがぽつりと落とされるのと同時に、ずっと飛び回っていた昊がやっと降りてくる。慌てて亜蘭から距離を取り、腕につけていた手甲に昊を止めた。

「お疲れ様、昊」

少々興奮した様子の昊は、ぴ、と甲高い鳴き声を上げる。

「先日はご苦労だったな」

そう言いながら近づいてきた亜蘭が、昊の頭を撫でた。猛禽に不用意に近づいては駄目だ、と言おうとしたが、昊は特に警戒も威嚇もせず、撫でられるがままになっている。

「どうかしたか？」

「いいえ。猛禽に限った話ではないですが、慣れていないうちは不用意に手を出されると攻撃することが多いので、ちょっと意外で」

「ああ。有理も言っていたな」

既に戦場で同じやりとりをしていたらしい。その返答に、胸の奥にもやもやとしたものが渦巻いた。

「何度か腕に乗せたが、もう慣れてくれたということなのか？」

そう亜蘭に尋ねられた昊は、まるで答えるようにぴぃ、と鳴いた。腕に乗せていたというのも初耳だ。

なんだか胸が詰まって苦しくなってきて、英理は息を吐いた。

「英理」

「なんでしょう」

「今度、昊を連れた狩りに連れていってくれ。俺もやってみたい」

にこっと笑いながら言われ、拍子抜けする。そして、胸の奥に滞留していたものが、ほんの少し流れていった気がした。

自然に、笑みが零れる。

「勿論です。俺の言うこともまだ上手く聞いてくれませんが、亜蘭様がご一緒なら、多少言うことを聞いてくれるかもしれません」

な、と話しかければ、昊は首を傾げた。

「じゃあ決まりだな」

まるで小さな子供のように絶対だぞ、約束だぞ、と念を押す亜蘭に小さく噴き出す。

「はい」

「よし、なにか礼をしよう。なにがいい？　なにか欲しいものはないか？」

「そんなの必要ないですよ。一緒に狩りに行くだけなんですから」

一緒にいられることだけで、本当は十分なのだ。特に望むものはないと重ねれば、亜蘭は肩を竦めた。

「やれやれ、欲のないやつだな。……じゃあ、困ったことがあったらなんでも言え。俺がなんとかしてやるから」

「いつも仰ってくださるじゃないですか、それ。今のところなにもありませんので大丈夫です」

昔からの定番の科白にくすくすと笑う。成人したてのときにも、同じことを言ってくれた。

亜蘭は目を瞬き、ふっと唇を緩める。軽い身動ぎとともに、はらりと彼の美しい金髪が流れた。

「……あ。亜蘭様、髪紐《かみひも》がほどけていますよ」

美しい金色の髪を束ねていた紐が、ゆるく落ち始めている。

ん？　と亜蘭が首を傾げると、紐はそのまますると地面に落ちてしまった。それを追いかけるように、昊が地に降りる。

「すみません、昊が」

英理は昊が啄《ついば》いた紐を素早く拾った。

「いやいや。ああ、ついでに悪いが結ってくれるか？」

王族だというのに、気安く言ってくれるものだと内心で苦笑する。

「……わかりました」

今更無礼を遠慮する間柄でもないので英理は溜息ひとつ零して、亜蘭の髪に触れた。

彼は王族にしては粗野な性格の人だ。戦帰りでなくても、馬に乗って遊びまわったり川で泳いだりと忙しなく、そうして髪が解けたり服装が乱れたりする度に連れ回した英理に身支度を整えさせていた。

――初対面のとき、「大人なのになんで手伝いが必要なんだろう」と思ったけど、「王族だから必要」だったんだよなぁ。

一人で身支度が整えられないわけではないが、身分の低い者が傍にいたら手伝わせなければならない。下人が貴人の着替えをぼんやり見ているだけなのは、不敬にあたるからだ。

――それも知らないくらい、俺は子供で世間知らずだった。

思い出すと恥ずかしく、だが、大事な亜蘭との思い出のひとつだ。

本人の粗暴さとは裏腹な、絹糸のように滑《なめ》らかな髪を手櫛《てぐし》で梳《す》いて丁寧に結わえる。服装の乱れも、ついでに直してしまった。

「慣れたものだな。昔のぎこちなさも可愛らしかったが」

「だから、申し訳ありませんでした。その節は」

まだ、王族の顔も知らなければ礼儀も知らない頃の話だ。父に頬を張られた記憶もついてくるので、あまりいい思い出ではない。

「剣は今も持っているぞ、見るか?」

「ご遠慮申し上げておきます。……そんなことより、外に出るときは服装くらい正してくださいね、戦帰りでもないのに。まったく、ちっともお変わりないんですから」

はい終わり、と小さな弟にするようにぽんと腰を叩くと、亜蘭は何故か嬉しそうに笑った。

役場をあとにし、英理は眉根を寄せながら帰路につく。

――困ったな。

今日は呪禁師や薬園師とともに、戦で使用する毒物についての話し合いがあったのだ。以前から亜蘭と話していたとおり猛禽の爪に塗布して敵を攻撃するという目的のものだが、呪術と融合した蠱毒の場合、猛禽への影響が未知数である以上こちら側からは不承知の旨《むね》を伝えるしかなかった。

一方、役場側としては実戦投入を急いでいるようで、あちらもすぐには引いてくれない。話し合いは宙に浮いたまま、お開きとなった。

集まったのは昼間だったが、もう陽が落ちている。

――実戦投入する前に水禽で試してみたいというだけなのに。

猛禽は本来王への献上物のため、元々数も多くないし、亜蘭の所轄で戦闘のために飼育している猛禽もまだ五羽しかいないので丁重に扱わねばならない。だが呪禁師側にも言い分があり、そもそも蠱毒も大変貴重なもので、何度も試行できる代物ではないということだった。蠱毒は作るのに一年以上も時間をかける、少量で高価な毒なのだ。

――でも、こちらだって猛禽を一羽育てるのに何年もかけているし。

そんな言い合いはどちらも譲らず平行線になってしまった。

さてどう口説いたものかと思案しながら、暗い夜道を歩く。

「――英理」

物陰から名前を呼ばれ、英理はぎくりと身を強張らせる。思わず一歩下がると、前から炬火《きょか》を手にした男が現れた。

亜蘭よりも背が低いが英理よりはだいぶ背が高く、がっしりとした体型の男は、先の戦にも参加した兵士の一人だ。年齢は、英理のひとつ上だと聞いている。

「危ないから、送ってやるよ」

「……いい。すぐ近くだし」

鳥飼いのような職人たちは戦闘には参加する義務がないので、普段は兵士とあまり接点はない。だが、戦勝の際の宴には駆り出される。主に、酒や料理を用意したり、酌をしたりする役目だ。

だから、顔なじみの兵士も次第にできていく。

「もう暗いから、送っていってやるって」

「いい。いらない」

殊更《ことさら》冷たく言ってふいと顔を逸らし、英理は男を避けるように横をすり抜けた。

――なんでここにいるんだ。……あいつ、この辺に住んでるんじゃないよな。

歩きながら恐る恐る後ろを振り返ったら、ついてきていた。小さく息を呑み、慌てて前を向く。

三年ほど前から戦に参加し始めた男は、当初、宴会でも饒舌《じょうぜつ》なほうでもないし、印象に残るような人物ではなかった。

それが、いつの頃からかやけに英理に話しかけてくるようになったのだ。宴限りの付き合いだしと適当に愛想よくあしらっていたが、最近になって平時にもこうして突然姿を見せる。

ずっと躱し続けていたが、近頃とみにしつこくなり始めていた。

ふと、亜蘭がよく口にする「困ったことがあったら」という言葉が脳裏に蘇る。英理は頭を振った。

――それって、こういうことじゃないだろうしな。

……ああ、面倒くさい。

今はこんなことで頭を悩ませている場合ではない。考え事をしている間に家に着くだろう、まさかそこまで追いかけてはこないだろう、と願いながら歩いていたら、唐突に後ろから抱きつかれた。

「……っ！」

炬火が地面に音を立てて落下する。首筋に男の荒く熱い鼻息がかかって、ぞわっと鳥肌が立った。

「離、……！」

離せと大声で叫んだつもりが、声が喉に詰まって上手く出せない。

自分よりも一回り以上大きな男の腕に抱きしめられて、身動きが取れなかった。

同じ男なのだから、必死に抵抗すればなんとかなる。頭ではそうわかっているのに、体が動かないのだ。動かそうとしても、硬直してしまっている。

「英理っ、俺、お前を俺のものにしたいんだ」

ふざけるな、俺は誰のものにもならない、と言い返したいが、口も動かせなかった。

無言をどう捉えたのか、男は嬉しげに「英理」と呼び、英理を横抱きに抱え上げる。

「や……っ」

男は近くの茂みに英理を連れ込むと、地面に下ろしてすぐさま伸し掛かってきた。荒い呼吸がやけに耳につく。

「抵抗しないってことは、いいってことだよな？」

「――っ」

さっきからしているだろう、この木偶《でく》の坊《ぼう》、どけ、と叫びたいのにやはり声が出ない。

せめてもの抵抗で、男の体を押しやった。けれど、胸を押し返すのにびくともしない。自分の手が震えているのがわかる。

「英理……！」

「――痛っ、……いや、やだっ、やめろ！」

首筋に乱暴に吸い付かれたことで、ようやく声が出る。だが興奮気味の男は首に噛みついたまま離れない。

匂いを嗅ぐように深く息を吸われ、かかる吐息の熱さが気持ち悪くて、ぞっとする。

「この……っ、離せ、いやだっ」

男の腕や背中を叩いて抵抗するのに、まったく動じない。それどころか、興奮した様子で腰を押し付けられて、膚が粟立《あわだ》った。

ふと上体を起こした男が、乱暴に英理の胸座《むなぐら》を摑む。

「ひっ……」

服を手荒に引っ張られ、釦を留めている糸がちぎれる音がした。膚が外気に触れ、英理は蒼白になる。

兵士にも様々な人間がいるが、英理たち職業人が祝勝会に参加すると、「商売女がわり」のような目で見つめてくる者もいた。


英理や弟の有理はよくそういう不愉快な目に遭う。尻を撫でられたり、胸をまさぐられたりしたことも、一度や二度ではない。だが大抵、無視をしたり冷たくあしらったりするだけで手を離してくれた。こんなふうに襲いかかられたことはない。

――くそ、なんで……っ！

抵抗すら満足にできない自分が情けなく、悔しい。じわりと涙が溢れ、空に浮かぶ月が滲んで見える。泣くものかと思うのに、月の色が亜蘭の髪色と似ていると考えただけで、もう駄目だった。

「……様」

こんなときに、どうしてか亜蘭の姿が浮かんだ。

互いの体の間に腕や膝を捩じ込んでせめてもの拒絶の意思を示しながら、亜蘭様、と消え入りそうな声で呟く。涙腺が壊れてしまったように、涙がぼろぼろと零れ落ちた。

ひく、としゃくり上げた瞬間に、伸し掛かっていた重みが消える。

いつのまにかきつく閉じていた目を開けると、傍らには脇腹を抱えて声もなく身悶《みもだ》えている男が、そして眼前には息を切らした亜蘭が立っていた。

月光を背負って立つ亜蘭はやけに神々しく見え、身を起こすのも忘れて目を奪われる。はあ、と呼吸を整えるように大きく息を吐き、亜蘭がこちらへ手を差し伸べた。

「ほら、帰るぞ」

ぐす、と洟《はな》を啜《すす》り、英理は震える体をどうにか起こす。

「はい……」

差し出した手を引っ張られ、広い胸に抱き寄せられる。体が強張り、腰が抜けて上手く立てない英理を察して、亜蘭は英理の体をひょいと抱き上げた。

男にされたことと同じはずなのにまったく違う安心感があって、自然と息が漏れる。それでも体に未だ纏わりつく不安感に、堪らず自ら亜蘭へ身を寄せた。

「っ、英理は……っ」

蹲《うずくま》っている男が、泣きながら呻く。名前を呼ばれてびくっと身を震わせた英理を、亜蘭は護るように強く抱擁してくれた。

「……英理は、亜蘭様のものじゃないって仰ったじゃないですか……！」

だから俺は、と男が咽ぶ。一体なんのことを言っているのかわからず、亜蘭の腕の中で英理は戸惑った。

亜蘭は、氷のように冷たい目をして男を見下ろしている。

「英理は俺のものではない。誰のものでもない。そう言っただけだ」

「だって……そんな……」

情けない涙声を上げた男に背を向け、亜蘭が歩き出す。物理的な距離が取れて、安堵した。

　無言で歩く亜蘭は、いつもの柔らかい空気が嘘のように殺気立っている。黙っているのも気まずくて、英理は「あの」と口を開いた。

「亜蘭様、どうして」

　問うた英理に、亜蘭の瞳が向けられる。もう、いつもの亜蘭に戻っていた。

「俺の部屋からお前が会議場を出るのが見えたんだよ。……そうしたら、あいつがお前の後ろについていっていたから」

　心配して、わざわざ来てくれたということだろうか。

　恐らく走ってきてくれたのだろう、触れる膚は汗ばんでいるし、息は少し上がっている。亜蘭はその柳眉を寄せた。

「嫌な予感がしたんだ。道に炬火が落ちていて、まさかと思ったら案の定だ。……無事だったろうな？」

「あっ、はい！　亜蘭様のお陰で――」

なにも、と言ったつもりが、代わりに涙が零れた。

　突然泣きだしたことに英理自身も驚いたが、それ以上に亜蘭が激しく動揺する。

「おい、どうした！　やっぱりなにかされていたんじゃないのか⁉　本当に大丈夫なんだろうな⁉」

「あ、だ、大丈夫です！　ほっとしたのと、あと、……情けなくて」

　男なのに抵抗できなかった。声も出なかった。身動きすら取れなかった。そんなことをぽつぽつと話す。

　なにを腑抜《ふぬ》けたことをと叱責されるかと思っていたのに、亜蘭は「しょうがない」と言って英理の頭を軽く叩いた。

「男だろうがなんだろうが、恐ろしい目に遭ったら誰でもそうなるものだ。それを情けないと卑下することはないし、恥じることでもない。まして、あれほど体格差があるんだ。上から伸し掛かられたら、戦闘慣れしていても跳ね除けるのは難しいものだ」

それが本当のことか慰めなのかは英理には判然としなかったが、はい、と頷いた。はっきりと声に出したつもりだったが、消え入るように掠れる。

洟をすすった英理を抱く腕に、ほんの少し力が込められた。


途中、何度も「もう立てます、下ろしてください」と頼んだが、結局家の前まで横抱きのまま運ばれてしまった。

門の前で英理をそっと地面に下ろし、亜蘭は幾度目か「大丈夫か?」と訊ねてくれる。

「大丈夫です。ありがとうございました。……ご心配をおかけしました」

「いや。今日はよく休め。一応あとで釘は刺しておくし大丈夫だとは思うが、またあいつが来たら今度は俺にちゃんと言え」

「ええと、はい」

そんなことで王弟殿下に面倒をかけることなどできるはずもないが、心遣いが嬉しいので頷く。亜蘭は信用ならない、とでも言いたげな目を向けた。

「……それから」

「はい?」

「今後、宴でああいう輩《やから》の相手をするときは、殴ってでも拒否をしろ。いいな」

「え? ええと、それはちょっと。……だって俺、鳥飼いですし」

性格的に難しいことは勿論、腕力では敵わないし、なにより花形職業の兵士からすれば自分のような鳥飼いなど、下に見られる存在だ。

そう明確に伝えたわけではなかったけれど、亜蘭は卑屈な気持ちまで読み取ってしまったようで眉を顰める。

「いいから殴れ、俺が許す。……俺が、今にそんなふうに扱われないようにしてやる」

いくら王族の命令とはいえ、周囲の意識がそんなに簡単に変えられるものと思えなかったので、曖昧に笑うにとどめた。察しのいい亜蘭はそれも読んで、「信用しろ」と唇を曲げる。

「それに、お前は少し、愛嬌を振りまきすぎなんだ」

そんなつもりはないし、寧ろ有理と比べてもいつも割と冷たくあしらっているつもりだったが、先程の男の例もあるので、今度は素直に「はい」と返事をした。

俄かに落ちた沈黙のあと、近くの雑木林から梟《ふくろう》の鳴き声が聞こえ、英理ははっと顔を上げる。

「あの、そんなことより、こんなところまで送っていただいて申し訳ありません。護衛もないのにこれでは亜蘭様のほうが帰途、危険なのでは。帰りは、父と俺と有理で」

夜道を貴人が一人で歩くなど不用心にすぎる。当惑しながら提案した英理の額に、亜蘭はごつんと額をぶつけてきた。

「痛っ」

「お前が俺を送ったらなんの意味もないだろうが。それに、俺は『鬼神』と恐れられている男だぞ。無謀にも奇襲を仕掛ける輩がいても返り討ちにできるから、余計な心配をするな」

俺は夜目も利く、と亜蘭がにやりと笑う。夜でもはっきりとわかる至近距離にある美貌を改めて前にして、頬が急激に熱くなった。

なにか言わなくてはと思うのに、英理は亜蘭を見つめ返すことしかできない。亜蘭はそんな英理を見て、微かに表情を曇らせる。

「英理」

亜蘭の指が、ついと頬に触れた。

触れられたら、顔が赤くなっていることを知られてしまう。そんなことに気を取られていて、亜蘭の顔がもっと近づいていることに気づかなかった。

「亜——」

名前を呼びかけた唇を、不意に塞がれる。

一瞬、なにをされているのかわからなかった。

口づけをされている、と気づいたのは、亜蘭の舌先が唇に触れてきたからだ。

——え？　……え？

激しく混乱したまま、英理は硬直する。頬に触れていた亜蘭の手が、英理の顔を上向かせた。

「……っ、……」

唇の中に、熱い舌が入り込んでくる。腰を抱かれ、項ごと引き寄せられた。

「っ、……ふ、」

固まって縮こまっていた英理の舌に、亜蘭の舌がそっと触れてくる。

どうしたらいいかわからない、無知な英理を導くように、亜蘭の舌が動いていた。

舐められ、搦め捕られ、愛撫されて、思考が滲むようにぼやける。英理は瞼を閉じ、されるがままになった。

「んぅ」

無意識に、応えるようにおずおずと差し出した舌を舐られて、はっと我に返る。

いつのまにか彼の胸に、縋るように置いていた手で押し返した。

舌が、唇が、じわりと痺れている。目眩がするくらいの羞恥に襲われながら、英理は視線を逸らし、口元を押さえた。

「駄目」

しっかり体は応えていたくせに、と頭の中で別の自分が嗤った気がした。

「……駄目、です」

絞り出すように発した声は震えていた。それなのに、期待するような卑しい気持ちが漏れ出ている気がして更なる羞恥に襲われる。

亜蘭がどんな表情をしているか、確かめる勇気はない。

無言の時間が流れたあと、亜蘭は英理に触れていた手をゆっくりと解いた。

「――悪かった。困らせるつもりじゃなかった」

英理を最大限気遣ってくれる言葉に、胸が潰れそうなほど痛む。

悪いことなんて、なにもしていない。だって、英理は嫌ではなかった。無意識に応えるくらいに亜蘭に身を委ねていた。けれど。

――いくらお慕いしているからといって、俺のような下民が王族である亜蘭様に近づきすぎてはならない。

一夜のお相手をするくらいに開き直れるならばいいのかもしれない。互いに楽しむ余裕があるのなら。そういう人々がいることも知っている。本気で愛していても、割り切れる強さと器用さを持ち合わせている人々もいるだろう。

けれど、きっと自分はそこまで割り切れない。

好きな相手に口づけをされ、膚に触れられて、抱かれてしまったら、好意を誤魔化すことができなくなる。

いずれ必ず、彼の迷惑になるのは目に見えていた。

子供の頃、亜蘭と出会った日に父に叱られた記憶が蘇る。相手は貴人だと知れ、そしてどう扱うべきか、どういう立場にある人なのか、同時に己の立場を知れと。

不識であることは、いつか己だけでなく彼にも迷惑をかけることになると。

――だって、俺の図々しい勘違いじゃなかったら。亜蘭は、英理のことを特別視してくれている。他の誰より、大事にしてくれている。

鬼神と恐れられ、本人は「怖がられているから嫁の来手がない」と嘯きながらも、それなりに浮き名を流していることは英理も知っていた。彼が凱旋する度に黄色い声を上げる女たちだって、幾人も見たことがある。

でも、亜蘭は冗談や悪ふざけで、年下で下民の「友人」に口づけをするような男ではない。

「——英理」

名前を呼ばれ、英理は返事もできずに肩を震わせる。大きな掌が、そっと頭に触れた。

「英理……泣くな。もう、お前を困らせるつもりはないから」

優しい声音で紡がれたその言葉で、自分が泣いていることを知った。頭を振ると、涙が地面にぱらぱらと音を立てて落ちる。

亜蘭が英理を好き勝手に扱うのは容易だ。立場的にも、肉体的にも。けれどそれをしないのは、やはり英理を大事にしてくれているということの表れでもあり、その事実が余計に辛い。

何故英理が泣いているのかも恐らくわかってくれている亜蘭に、返す言葉が見つからなかった。

「……じゃあな。風邪、引かないようにして寝ろよ」

子供の頃のように、ぽんぽんと頭を軽く叩かれる。きっちりと引いてくれた一線を感じ取って、胸が苦しかった。

足音が去っていく。亜蘭を——好きな人を拒んでしまったことが、痛みになって心臓に突き刺さった。

——泣くな。

泣く必要なんてない。下臣として、当然のことをした。そして、貴人として亜蘭は引いてくれた。

再び涙が落ちそうになって慌てて空を仰ぐ。

亜蘭の髪と同じ色をした月がぼやけて見えて、英理は唇を嚙んだ。

それから数日の間、亜蘭は英理の前に姿を現さなかった。以前も毎日のように顔を合わせていたわけではなかったが、気まずい別れ方をしたあとだと会えない時間の長さが気になってしまう。

広野に出て弟の有理と昊の訓練をしながら、つい「最近、亜蘭様をお見かけしたか」と零してしまった。

弟は英理を振り返り、目をぱちりと瞬く。

「え？　なにか言いました？」

「あ、いや……なんでもない」

慌てて頭を振ると、有理は首を傾げた。

もしこれで、亜蘭が有理とは会っていた、という話になったら自分はどんな顔を弟に晒してしまっていたのだろうかと少々不安になる。

有理は舌をちっちと鳴らしながら狗鷲の昊を撫でた。

「兄さん、次は『信号』の練習をしようかと思うのですが」

「ああ、いいんじゃないか」

猛禽を使った情報の伝達のことを、英理たちは「信号」と呼んでいた。伝書と違って、もっと端的に状況を報せるのを目的としている。狼煙《のろし》は敵に位置情報を知られてしまう、天候に左右される、という兵士の話を参考に思いついた。

例えば、有理が口笛を吹き昊が英理の前で一度鳴くのが進軍、指笛を吹き二度鳴くのが撤退、歯笛を吹き三度鳴くのが奇襲あり、などのように意味を持たせる。

「まだ昊は上手くいかないんですよね……。天《てん》は結構上手にできるのに」

天は、昊より先に兄弟で内緒で育てていた鷹の名前だ。

「まあ、一応俺のところに戻ってくることだけはできるし、そのうちできるようになるさ」

「そうですね。昊は物怖《ものお》じしないし、戦場に連れていくのはすごく向いていると思うので、どうにかなってくれるといいんですけど。よし、頑張ろうな」

有理に激励され、昊はぴぃ？　と首を巡らせる。

ふと、なにかを聞きつけたように背筋を伸ばす。

それから間もなく蹄《ひづめ》の音が聞こえてきて、英理と有理は同時にそちらへ顔を向けた。

「――！」

蘆毛の馬に乗ってこちらへ向かってきたのは、大弓を担いだ亜蘭だった。数日ぶりに見る彼の姿に、英理は思わず緊張してしまう。

狩りの帰りなのだろう、彼は血を滴らせた兎を二羽ぶら下げていて、傍らの有理が「うわ」と声を上げた。有理、と窘めるように声をかけ、跪くように促す。

だが、それより早く二人の前に馬を止めた亜蘭に、改まる必要はないと言われてしまった。

――一体、どんな顔をしていたらいいのか……。

普段、自分はどんなふうに亜蘭に接していただろう。

惑乱するより早く、亜蘭は「ほら、やるよ」と言ってこちらに向かって兎を一羽放り投げた。

反射的に手を出し、まだあたたかい兎を受け止める。

有理は昊が警戒を滲ませたのを見て取って、若干距離を取った。

「頂いてもよろしいのですか？　随分大きな兎ですね」

なんとか平静を装って訊ねると、亜蘭は得意げに笑った。

「ああ。だが兎は本命ではないぞ。大鹿と狼は、下の者に任せてきた。お前らには兎をくれてやろうと思ってな」

まるで以前どおりに話しかけてくる亜蘭に、自分ばかりが気にしているのだとわかってしまい、英理の心は乱れる。どうにか表情に出さないように頑張ってはみているが、もう引き攣りそうだ。

亜蘭が馬を下り、目の前に立ったせいで、更に心臓が大きな音を立てる。

「――英理」

名前を呼ばれ、ひゅっと息を呑んだ。無意識に半歩下がったが、亜蘭は大股で一歩距離を詰めてくる。

小さく笑う気配がした。

「そんなに意識したら、弟が変に思うのではないのか?」

少々意地悪い声で言われ、ぐ、と詰まった。

「この間みたいな真似はせんから、あんまり警戒してくれるな」

「警戒なんて、俺は」

確かに、亜蘭は平素と変わらぬ接し方をしてくれているのに、と狼狽する。そのせいで余計に焦って動揺してしまう。

ぼそぼそと話していると、いつのまにかそれなりに距離をとっていた有理に「兄さん」と呼ばれた。

「俺あっちで少し訓練してきます」

待ってくれ、と引き止めそうになったが、亜蘭の手前それも言いにくい。別に不自然なことでもないが、察しのいい亜蘭には「警戒して」いると証明することになってしまう。

こちらの気も知らず、さっさと背を向けてしまった有理に亜蘭が「おい」と声をかけた。

「今日の狩りは、凰炎《おうえん》もついてきたんだ」

「えっ……そうなんですか?」

凰炎というのは、亜蘭と歳の近い甥のことだ。病と呪いで声を出せぬ、現王の愛息である。

凛々しい顔立ちでがっしりとした体格の、亜蘭よりも大柄な青年だ。本来ならば王太子であるはずだが、病によって幼い頃に廃嫡された。一方で現王の寵愛が深いことで有名でもある。彼の行くところには必ず複数人の護衛がついてまわっていた。

その凰炎と有理は、何故だか最近一緒にいることが多い。

――俺も弟のことを言えた義理ではないが……。

自分以上に世間知らずな有理が王子に無礼を働いていまいかと、いつもひやひやしている。

そして、彼らが並んでいるのを見かける度に、幼い頃に父に打たれた頬が痛むような気がした。

――その人は、自分たちとは違うところで生きているのだと……有理はわかっているのだろうか。

気安く接してくれる亜蘭とは違い、なにか不敬な真似をすれば即座に、文字通り首が飛ぶ可能性が高い相手だ。父からの平手打ちではすまない。

だからあまり凰炎には近づかないようにと言い含めたこともあったが、言いつけを守っているかはあやしい。

――なまじ、亜蘭様が気安くていらっしゃるからわかっていないのかもしれない……最近また一緒にいるようだし、注意しておかないと。

「ああ。あっちの、山のほうにまだいると思うから、声をかけるといい」

そんな英理の憂慮を知ってか知らずか、亜蘭は有理にそんな言葉をかけてしまう。

はい、と言って、有理は山へと行ってしまった。その背中をはらはらと見送っていたら、不意に肩を抱かれた。

「っ、なにを、なさるんですか……っ」

咄嗟に距離を取ったが、亜蘭は強引に引き寄せる。その顔はいつもどおり笑っているが、力は思った以上に強い。

「なにがだ。今までだってこれくらいはしていただろう？」

それはそうかもしれませんが、という声が尻すぼみになる。自分ばかりが、あの晩のことを――亜蘭を意識していた。

その事実に悲しくなって唇を噛むと、亜蘭がぱっと手を離す。

「……心配しなくとも、これ以上のことはしない。なにせ、今日は他のやつらがいるからな」

「え……」

そう言って亜蘭が肩越しに後方を指差す。狩りに付き合ったのであろう下臣たちが、ぞろぞろと馬に乗ってやってきた。

兵士の一人が馬を下り、少々息を切らしながら「亜蘭様」と声をかける。

「あまり先に行かないでくださいませ。護衛の意味がありません」

「俺に振り切られる護衛のほうが悪くないか？」

割と親しい関係なのか、兵士は聞こえよがしな溜息を吐く。

どうやら亜蘭は、狩りの帰りに彼らを置き去りにしてこの場所へやってきたらしい。

「ちょうどいい、ついでにここで捌《さば》いていこう」

お小言を意に介するでもなく亜蘭が言うと、他の家臣たちは無言で馬を下りて獲物を地面に下ろした。血抜きをし、慣れた様子で黙々と捌き始める。

手持ち無沙汰になってしまったので、英理も先程もらった兎を捌くことにした。

毛皮は母にあげようかと思案しながら小刀を扱っていると、亜蘭が隣にしゃがみ込む。動揺したが、沈黙にも耐えかねて、英理は口を開いた。

「……何故わざわざ有理を凰炎様の元へ行かせたのですか」

「んー？　まあ、なにがきっかけになるかはわからんだろ。身近に、あいつと親しくするようなのはいなかったしな」

あいつというのが口を利けない王子――凰炎のことを指しているのだとすぐにわかる。

彼は幼少期から声を発することができない。有理といれば、喋るきっかけになるのではないかと亜蘭は考えているということだろうか。

亜蘭は兄王を慕っているし、甥である凰炎のことも心配し、可愛がっているのだと聞いた覚えがある。

「随分と、甥御様想いでいらっしゃるんですね」

なにげなくそう言ったら、亜蘭はなぜかきょとんと目を丸くした。それから、口の端を持ち上げて笑う。

「まあな。……だが下心もあるぞ」

「下心？」

意外な科白に、思わず顔を上げてしまった。至近距離にある整った顔貌に、口づけをした夜のことが蘇って赤面する。

亜蘭はそれに気づいているのかいないのか、目を細めた。

「そう、下心だ。陛下は、愛しい息子が言葉を発したら、褒美を取らせると触れを出している」

「そうなのですか？」

王弟という立場にあり、彼には手に入らないものなどないように思っていた。褒美が欲しいとは、意外な言葉だ。

「だから、今は俺だけじゃなく他のやつらも躍起《やっき》になっているのさ。……俺では叶わぬものも、王ならば叶えられる」

どこか含むような雰囲気はあったが、それ以上探ることもできない。はあ、と気の抜けた返事をした。

一方、兵士が解体した獲物を味見するつもりらしく、火を熾《おこ》し始める。

会話も途切れてしまったし、もうすることもないので、そろそろ立ち去ってもいいだろうかとそわそわし――英理は勢いよく立ち上がった。突然の英理の行動に、亜蘭が目を瞬く。

説明もしないまま空を仰ぎ、こちらに向かって飛んできていた昊に向かって腕を旋回させた。昊の気配がしたと思ったが、やはり気のせいではなかったのだ。

「……あれは、有理の連れていた猛禽か？」

独り言ちるように、亜蘭が呟く。

それに答えるように、昊は英理の手甲の上に止まった。昊が有理を置いて単独で戻ってきた、ということはなにか異変があったという報せだ。

鳴き声を待ったが、昊はただじっと英理の瞳を見ているだけだった。だが、いつもよりも落ち着かない様子で、羽をばたつかせている。

「おい、どういうことだ？」

「――亜蘭様、有理に……凰炎様になにかあったのかもしれません」

確信は持てない。だが、可能性はある。

不確かなことを口にする不安感もあった。けれど、英理の訴えに亜蘭は立ち上がり、下臣を顧みる。

「二人ほど城へ戻り、応援を呼んでこい。一人はここで獲物の番を。あとの者は俺に続け。――英理、案内はできるか」

「は、はいっ」

猛禽の扱いは、有理ほどには自信がない。けれど、有理のいる場所へ戻るように指示をするのは簡単だ。鳥は有理の元へと自然に集まる。

はっきり頷いた英理に亜蘭はにっと笑った。

「昊。行けるな」

そう呼びかけると、昊は今にも羽ばたかんばかりに翼を広げる。

英理は腕を横に伸ばし、地面と水平に投げるように昊を飛ばした。

「昊を追っていけば、有理の元に辿り着けると思い

――っ、わ、ぁ！」

視界ごと急に体を振り回され、小さく悲鳴を上げる。反射的に瞑った瞼を開いたら、目の前に蘆毛の馬の鬣《たてがみ》が見えた。

「えっ」

肩越しに振り返ると、背後には亜蘭がいる。気づけば、亜蘭の馬に乗せられていた。

「じゃあ、しっかり摑まっていろ」

「えっ？　えっ……!?」


昊を追っていくと、状況は思ったよりも逼迫していた。凰炎とその護衛は、山中に潜んでいた敵に襲われていたのだ。

英理たちが現場に到着すると凰炎の護衛は全滅しており、凰炎は敵の残党に競り勝っていたが重傷を負っていた。幸い命に別状はないらしいが、治療が遅れていたら或いは、というところだったようだ。

有理の衣服も血で汚れていたので肝を冷やしたが、本人は無傷で英理は胸を撫で下ろした。

王の寵愛を受ける凰炎が敵襲を受け、辛くも勝利したことももちろん大きな事件ではあったが、どういった経緯でかこの日から物言わぬ王子が言葉を発するようになったのだ。

そんなこともあって連日、城では祝宴が催されている。

亜蘭が言うには、旅鳥である鴇を凰炎が目にしたことがその一因なのではないかということだ。

その理屈がよくわからないまま、凰炎の命が助かったのも鳥飼いである有理と英理の立ち回りがあったからこそだと亜蘭が奏上したため、王は有理と英理、そして鳥飼い全体に褒美を賜った。

そのひとつが、猛禽のためだけの広い禽舎だ。

以前は亜蘭の管轄で有理と英理だけが限定的に行

っていた軍事利用という目的での飼育と繁殖が、国に正式に認められた。

「――いっそ、別の土地で大々的にやるか、という話も出ている」

日も暮れ始めてきた頃に禽舎にやってきた亜蘭がそう言い、そろそろ業務を終わらせようと掃除をしていた英理は目を瞬く。

「英理は、もう宴には出ないのか？」

心臓が暴れだしそうなのを予感して、亜蘭から視線を外した。

「一度だけ顔を出させていただきました。――それより、大々的に、というのは」

「禽舎を増やすだけでなく、規模をもっと大きくするということだ。王都の一角だけではなく、それとは別に鳥飼いの集落をひとつ作るか、と。先達て俺が潰した小国があるから、そこを利用するのかもな」

随分と大きな話になってきたと、英理は冷や汗をかく。

元々鳥飼いは王族に重用されている集団ではあったが、これは破格の待遇だ。今まではいくつかの家系が集合していただけの組織が、場合によっては外からの参入もあるということだろう。それに――。

――それに、それはこの土地から……離れるということ？

亜蘭を見つめたまま、英理は固まる。亜蘭は首を傾げて苦笑した。

「なんだ、嬉しくないのか」

「嬉しくないわけでは、ありませんが」

距離の話だけでなく、身の丈に合っていない待遇には落ち着かないというのが本音だ。

これは思った以上の褒美に対し有理も感じていることで、兄弟揃って野心は持ち合わせていたつもりだったが、やはり小市民というか、気が小さい。

「それは時期尚早かと、思います」

まだ猛禽を操ることについて、有理も含めて誰の知識も技能も成熟していない。それで数だけ増やしても、王の期待に応えられるはずがなかった。

「なんだ、弱気だな」

少々焚きつけるような言い方をして笑った亜蘭に、英理は眉根を寄せる。

「それは……現状、有理以外に猛禽を扱いきれていないのですから」

猛禽自体は昔から育ててきてはいるが、英理にできるのは「躾」だけだ。

「英理だって、上手くやっていただろう。俺たちを凰炎の元へ案内してくれたじゃないか」

「あれは、有理ありきのことですから」

確かに他の鳥飼いの人間よりは猛禽を馴らしてはいるという自負はある。だがあのときのことは、ただ有理の元へ飛ばしたというだけだった。英理の意思で「操った」わけではない。


黙り込んだ英理に、亜蘭は腕を組んで息を吐く。

「守りますと言ってくれたじゃないか。あれは嘘だったのか」

そんなことを言っただろうか、と首を捻りかけ、それが昔——成人の際に自分が亜蘭に対して言った言葉だと察する。

幼い頃の話を持ち出されて頬が急激に熱くなり、英理は亜蘭を睨みつけた。

「う、嘘ではありません。ちゃんと実用化に向けて訓練もしています。この間だって、毒の種類の話を」

「わかったわかった。——期待している」

揶揄《やゆ》するようでもなく優しく笑った亜蘭に、英理は反射的に背中を向けてしまった。

「おい、何故後ろを向く」

「……掃除の用具を片付けようと思っただけです」

自分でも説明がつかなかったのでそう言い訳をして、英理は掃除用具をばたばたと片付けた。用具入れの戸を閉めて、小さく息を吐く。

亜蘭は変わらない。今も昔も――口づけを交わしてからも。

一方の英理は日に日に動揺が深まるばかりで、以前はどんな気持ちで対峙《たいじ》していたのかも忘れてしまった。

自分ばかり胸が苦しい。ぎくしゃくしてしまって、そんな態度が不興を買うのではないかと怯《ひる》んでいるのに、亜蘭は以前と同じ距離感で接してくる。

――……いっそ、遠くへ行ったほうがいいのかもしれないな。

潰した小国、というのがどれほど離れている土地かはわからなかったが、城下にあるここほど気軽に来られる場所ではないだろう。

そのほうが、と考えたのと同時に、胸が締め付けられるように痛む。離れて、もう会えなくなったらと思うだけで疼く胸は、忌々しいほど正直だ。


もう一度嘆息して振り返ると、亜蘭は昊に触れていた。昊は抵抗することもなく撫でられている。英理の視線に気づいて、亜蘭が笑った。

「帰るのか？」

「はい。……亜蘭様、まさかお一人でいらしてはいないですよね」

辛うじて顔を出していた西陽は、もう殆ど沈んでしまっている。黄昏時《たそがれどき》は夜と同じくらいに危うい時間帯だ。なまじ明るさが残る分、油断しやすい。

「今回は一応の護衛はついた」

ほら、と亜蘭が鬱陶《うっとう》しそうに禽舎の外を指し示す。その先には、屈強な兵士がふたりほど立っていた。

国が祝宴に沸いている半面、凰炎が襲われたことで警戒は強めているようだ。

亜蘭は不満げだが、英理は安堵する。いくら亜蘭が強い男であっても、用心は必要だ。

「暗くなった。お前も気をつけて帰るんだぞ」

「はい。亜蘭様も」

頭を下げて、禽舎の出口まで亜蘭を見送る。

帰る前に少しだけ訓練をしていこうかと禽舎に戻り、手甲に昊を乗せたのとほぼ同時に、男性の悲鳴が聞こえた。

慌てて窓から外を覗く。外で控えていた兵士がひとり、地面に倒れ伏していた。喉元から血が溢れ、口から泡を吹いていて、その異様さを物語っている。

もうひとりは亜蘭を庇うように立ち、彼らの前方には黒い狗を従えている男の姿が見えた。

――あれは……。

どう見ても、穏やかに話しているという様子ではない。慌てて禽舎を飛び出すと、「来るな！」と鋭い声が飛んできた。その声に、英理は反射的に足を止める。

「建物の中に入っていろ！」

そう命じられ、咄嗟に背中に昊を隠して後退る。

狗を従えた男が、哄笑《きょうしょう》しながら叫んだ。

「余裕だな、鬼神さんよ。――行け！」

男の命令とともに、狗が唸《うな》り声を上げて亜蘭たちに飛びかかっていった。

「――馬鹿、前に出るな……っ」

亜蘭の制止を振り切るように前に出た兵士は、腰に佩いていた剣を振った。切っ先が空を切り、躱した狗が兵の腕に食らいつく。

兵士は低く呻きながらどうにか狗を振り払おうとしていたが、まるで足払いでもされたように前触れなく膝をつき、地面に倒れた。間もなく、一人目と同様に泡を吹き始める。

狗に噛まれて病気になることはあるが、症状はこんなふうに即時現れない。

一体どういうことかと困惑し、はっとした。

――これが、「動物を使役した呪術」……？

目の当たりにするのは初めてだ。だがそんな問いかけを投げる暇はない。

狗は一旦兵士から離れ、使役している男の足元へ戻った。男は、じりじりと亜蘭に近づいていく。

ふと、男が英理を見た。

「護衛は、もう一人か？」

狙いを定めるような視線に思わず息を吞む。

「いや。彼は鳥飼い――非戦闘員だ。手出しはするな」

遮るような亜蘭の言葉に、男は興味をなくしたように英理から視線を外した。

「じゃあ、あとはお前だけか」

「残念だが、そう簡単にはいかないだろうな。俺は毒には滅法強いんでね」

男が喉を鳴らして笑う。

「簡単には死なせない……絶対に許さねえからな、お前は、お前らは俺の国を――」

男が狗へ合図を送る。――その刹那《せつな》、どっ、と鈍い音を立てて男が征矢《そや》に斃《たお》れた。もうひとり、護衛が影に潜んでいたのだ。

だが使役者が死んでも狗は止まらない。考えるより先に、英理は昊を飛ばしていた。

狗が亜蘭に飛びかかったのと、昊が狗に追いついたのはほぼ同時。三者は縺《もつ》れるように地面に倒れ込んだ。

「……っ」

暗くて様子がよく見えない。昊と狗の鳴き声、羽の音が聞こえる。

競り勝ったのは昊のほうだった。狗の首をその鋭い爪で掴み、昊は引きずるようにしながら宙空へと飛び立った。そして、狗を落とす。加速度がついて地に落下した手負いの狗は、すぐに動かなくなった。

ずっと禽舎の前で様子をうかがっていた英理は安堵にへたり込む。

昊の動きを見る限り翼が傷ついたり、毒や呪にやられたりした様子はない。

亜蘭も地面に座り込んだまま、荒く呼吸をしていた。

彼は急降下してきた昊に向かって手を差し出す。褒めようと、なにげなくしてしまった動作だったのかもしれない。

はっとして、英理は「駄目！」と叫んだ。

急いで腰を上げ、歯笛を鳴らしたが間に合わない。

「亜蘭様……！」

猛禽の爪は、獣の皮などいとも簡単に裂いてしまうほど鋭利で強い。だから、訓練の際は必ず手甲を身につける。

興奮した様子の昊は、いつも英理や有理の腕に止まるときと同様、亜蘭の剝き出しの腕に爪を立てた。亜蘭はその瞬間、事切れるように倒れ込む。

「……！」

声もなく悲鳴を上げ、英理は亜蘭に走り寄る。控えていた護衛も同様に走りだした。

「昊っ……駄目だ、離せ！　離れろ！　お願いだから……っ」

羽が傷つくのも考慮せず、英理は強引に昊を引き剝がした。昊は禽舎ではなく、山のほうへと羽ばたいていってしまう。

「亜蘭様！　……亜蘭様っ！」

肩に触れて抱き起こすが、亜蘭は目を閉じたまま返事もしない。

亜蘭の腕は裂かれ傷つき、血に塗れていた。己の服を脱ぎ、慌てて彼の腕に巻く。抉れた感触が指先に触れ、血の気が引いた。

「貴様……！」

数秒遅れてやってきた護衛が、英理の胸座を摑む。奥歯をぐっと嚙み締め、睨むように見上げた。そうしないと、そんな場合でもないのに涙が出そうだったからだ。

「……医師と薬師を呼んできます。あなたは亜蘭様の体を支えて、止血のために肘を押さえておいてください」

「貴様、どの口が」

「俺じゃ力が弱くて亜蘭様を楽な姿勢で支えて差し上げられない！　早く！」

気圧されるように、護衛は英理と交代して亜蘭の体を支えた。

後ろ髪を引かれるような思いで、英理は城へ走る。騒ぎを聞きつけて、既に数人の兵や役人がやってきていた。倒れているのが王族の、しかも豪傑で知られる亜蘭だというのが知れて、ざわめきが広がっている。

医師と薬師を連れて戻ると、亜蘭の周囲には人だかりができていた。誰かが用意した炬火で照らされた彼の顔色は、赤い炎の下でも真っ青に見える。

「亜蘭様……！」

思わず叫ぶと、亜蘭がゆっくりと目を開けた。おお、と囲んでいた見物人から歓声が上がる。

亜蘭は苦しげに息を吸い、「英理」と呼んだ。普段の快活さからは嘘のような弱々しい声に、英理は愕然《がくぜん》とする。

慌ててその傍らに行き、膝をついた。

「……俺は大丈夫だ。泣くな、英理」

そんなはずはないのに、亜蘭は気丈に振る舞い、英理を安心させるように頭を撫でてくれる。

「俺が、不用意に手を出したのが……悪かったのだ。お前はなにも悪くない。猛禽も、悪くない。これは、猛禽のせいではないから、気にするな……」

周囲に聞こえるようにと、亜蘭は苦しげに、だがはっきりとした声で繰り返す。

こんなときに、英理のことなど配慮してくれなくて構わないのに。喋るのも辛いのだから口を閉じて欲しい。そう言いたいのに、亜蘭の邪魔をすることもできなくて英理はただ唇を噛むしかなかった。

自分のことなど庇ってくれなくていい。いっそ、罰を受けたほうが気は軽くなる。

そんな思いを見通したわけではないだろうが、その夜、亜蘭とその家族は王族に仇《あだ》をなした罪により捕らえられた。

物言わぬ王子の件で名声を得たばかりの一族は、一夜にして転落した。――そう思われた。

だが、王に寵愛されている王子の執り成しもあってか、一族郎党打ち首という事態は免《まぬが》れたようだ。翌日には、英理以外の一族は全員牢《ろう》を出ることを許された。

自分以外の家族が皆解放されたことには安堵したものの、ひとりになると自己嫌悪と後悔が一気に押し寄せてきて死にたくなる。英理は木製の手枷《てかせ》をつけたまま、まんじりともせず牢の中で膝を抱えていた。

――亜蘭様がご無事なのか、それすらもわからない。……知る手段も、権利すらない。

快復しているだろうか、それとも悪化して――最悪の事態にはなっていないだろうか。

そして、亜蘭に傷をつけてしまった昊がどうなったのかも気になっていた。

あの騒ぎで飛び去ってしまったが、今はどうしているのだろう。捕まったらきっと処分されてしまう。亜蘭に許可を得て、雛から大事に育てたのに。

答えなど出るはずもないのに、一日中不安と疑問が頭を巡る。

どれくらいそうしていたのか、ふと足音がして英理は顔を上げた。見慣れぬ兵士が、ふたり立っている。

だが、あちらは英理を知っているのか「英理」と名前を呼んだ。

牢の鍵を開けて入ってきたひとりが、英理の枷を摑んで引き立たせる。ずっと座っていたせいか、足元がふらついた。

「極刑じゃないとさ。よかったな」

「え……」

どうして、と無意識に口にしたら、またしても凰炎が執り成してくれたという。弟の働きかけもあったのだろうか。

「お前もあと数日でここから出られるようになる。まあそれまでの辛抱だ」

そう言った兵士に引きずられるように連れていかれたのは、窯炉《ようろ》の前だった。獄所の窯炉は、ごみの処理や処刑後の罪人の火葬などの際に使われる。

先程は極刑ではないと言っていたが、まさかと恐怖に固まると、兵士は苦笑して「そこにぶちこんで殺すなんて鬼畜《きちく》な真似はしないから安心しろ」と言った。

「そっちじゃない、こっちだ」

もう一方の兵士が指し示したのは暖炉のほうだ。季節外れの暖炉に、火掻き棒が数本置いてある。そのうちのひとつを、兵士が手に取った。

――あ。

十分に熱された金属は、柑子色《こうじいろ》のようにも、朱色のようにも、白色のようにも見える。

それは火掻き棒ではなく、先端に十字の金具がついた烙印《らくいん》だった。

王子の執り成しがあっても、主犯を無罪放免にはできない。その代わりに、一生涯取れることのない罪の証を体に刻む。これで英理は、長男であるにもかかわらず家長となることも、妻を娶って家庭を作ることもできなくなるのだ。

「……せめて、目立たないところにしてやるからな」

そう言って、彼らは英理の口に布を噛ませた。舌を噛まないようにという配慮だろう。

長椅子の座面に俯せになるように指示され、兵の一人が英理の体を押さえつけた。もう一方の兵の足音が、頭のすぐ傍で止まる。

まだなにも彫っていない背中に、熱された烙印が近づいてくる気配がした。

「――！」

反射的に動いた体を、押さえつけられる。肉の焼ける臭いとともに、全身に巡らされた剝き出しの神経をくまなく串刺しにされるような激痛が体を襲った。

それがどれくらいの時間のことだったのかはわからない。数秒のようにも数時間のようにも感じながら、英理は意識を手放した。

実際に死刑は免れないだろうという確信もあったし、このまま首を落とされてもいいと思っていた。

いっそ、この命をもって詫びを入れたい。死んでも後悔などない。このまま死にたいと、本気で思った。

けれど気を失う瞬間、眼裏《まなうら》に浮かんだのは、亜蘭の笑った顔だった。

罪人相手だというのに、兵士はあの後、気絶した英理の手当てをしてくれたらしい。背中にある火傷の状況は自分では確認できないが、薬を塗ってくれたようだ。

ただ、体に重苦しく纏い付くような熱が三日経っても引かず、灼《や》かれた膚は強く痛み続けている。時折皮膚が引き攣れるような痛みもあり、牢の中で壁に寄りかかることもできずに膝を抱えたり俯せになったりしたまま過ごしていた。

食事も取れず、ぐったりとしていると、数日ぶりに兵士が姿を見せた。

兵は牢の鍵を開け「出ていいぞ」と声をかけてくる。一瞬なにを言われているのかわからず、それが「釈放」のことなのだと遅れて気がついた。

「……もう、出ていいのですか」

「ああ」

熱で足元が多少覚束ないが、どうにか牢を出る。

「こんなに早く出られるなんて、いいんでしょうか」

もっと長い期間投獄されるものだとばかり思っていた。素直にそういうと、兵士は曖昧に首を傾げる。

「凰炎様の執り成しもあったが、今日、亜蘭様の意識が戻られたそうだ」

「え……っ」

意識が戻った、ということは、今までは意識不明だったということだ。あれからもう五日以上は経過している。

意識の回復はめでたいが、それほど重傷だったことも知らなかった。情報が届かない場所にいたとはいえ、顔面蒼白になる。

「それで、お前を呼べと仰せられて」

「そう、ですか」

話ができる状態ではあるようだ。ほっと息を吐く。

「……なににせよ、そんな形《なり》では謁見はできないだろう。せいぜい磨いていくといい。城に上がるのはそれからだ」

はい、と返事をしかけて、その言葉に含みがあるような気がして英理は兵士を見上げる。彼は苦笑した。

「お気に入りなのは以前から有名だが、ここまでとは思わなかった。——亜蘭様のご恩情に感謝するといい。くれぐれも、粗相のないように感謝を込めてお仕えすることだな」

「それ、は」

それは、王族の御前に姿を見せるのに、土や泥に汚れ、罪人の服を着た状況で行くわけにはいかないと――ただそれだけの意味ではないのだろう。兵士の言葉には、そういう意図が含まれているようだ。けれど、本当に亜蘭がそんなことを言ったのだろうか。

――……そうでもしないと、ここを出す理由にならなかった、とか。

理由を探してみるが、本当のところはわからない。固まったまま動かない英理に、兵士が怪訝な顔をする。

「これで公然と王族の所有物となったわけだ。無罪とはいかないがこれ以上咎められることはないし、完全に放免だ。よかったな」

「しょ、所有物……?」

鸚鵡返しに言った英理に、兵士が苦笑する。

「おい、祝宴の度に皆の前で睦まじい様子を晒しておいて、今更取り繕うなよ」

反論しようとしたが、周囲からそのような認識をされていたのかと啞然《あぜん》として声が出なかった。

「浴場はあっちだ。終わったら門まで来い。城まで送る」

英理の動揺に気づくことのないまま兵士は踵を返す。その背中を呆然と見送り、英理はこくりと喉を鳴らした。

人気《ひとけ》のない浴場で、とにかく丁寧に体を洗う。背中の火傷は、空気に触れるだけでも痛み、濡れると激痛が走った。

けれど、そんなことよりも英理の頭は亜蘭でいっぱいだ。

今どうしているのか。病状は。本当に快復したのか。顔を合わせたらなにを言われるのか。いつもみたいに笑ってくれるのか、それともこんな目に遭わせてと怒るのか。どういう意図で英理を呼んだのか。

あまり、背中の印を見られたくない。——そんな不安や疑問がぐるぐると頭を巡って止まらない。

会いたいような、会うのが怖いような、相反する気持ちを抱えたまま浴場を出て、夜道を兵士とともに歩いて城まで出向く。

敷地内にある亜蘭の城には、夜番がふたり立っていた。彼らも英理を見て、ああ、と承知したような顔をする。

どういう目的で呼ばれたのか、とっくに悟っているその様子に、寝床に侍るために呼ばれたのだと裏打ちされたも同然だった。

下臣に案内され、深く息を吸って、英理は亜蘭の部屋に足を踏み入れる。

「……亜蘭様?」

真っ暗な部屋には痛み止めや解毒の薬香の煙が咳《せ》き込みそうなほど充満していた。ここまで焚かねばならないほど、体調や怪我がまだ思わしくないのだろう。毒に耐性がある彼には、薬も同様に効きづらいという事情もあるのかもしれない。

躊躇していると、奥から小さく声が上がった。

「……英理か……?」

英理ははい、と控えめな声で返す。入り口近くにあった器具に火をを灯し、手に取った。

大きな寝台の上で、亜蘭は軽く手をあげる。身を起こすのも辛いほどなのだろうかと慌てて駆け寄り、寝台の傍らに控えた。

「喉が渇いた。水を」

「はい、すぐに」

英理は照明器具を置き、寝台の傍にある甕《かめ》から水を掬った。

器に入れた水で唇を湿らせ、亜蘭が息を吐く。

「お辛い、ですか。お加減は」

「大丈夫。少し寝ていただけだ。……香が強くてかなわん」

確かに、焚き染《し》めすぎな気もする。だが快復していない以上、痛みなどを緩和させる薬を断つわけにもいかない。

「失礼します」

断って、亜蘭の頬に触れてみる。随分と体温が高い。まだ微熱のある英理が触れてそう思うのだから、相当高熱なのだと思われた。

足元の水桶の縁に掛かっている布を絞り、既にぬるくなっている亜蘭の額の上のものと取り替える。

「英理。……あまり、気にするなよ。お前が悪いんじゃない」

いつものように笑う亜蘭に、かえって泣きそうになる。こちらの気持ちを察したのか、亜蘭は英理の手を撫でた。

「俺のことはいい。こんなもの、今更……大騒ぎする話でもない」

「そんな……！」

「こんなのは、戦に出れば珍しいことじゃない。前に言っていただろう、俺は——」

話している途中で、亜蘭が苦しげに息を吐く。体調も思わしくないのに喋らせてしまったと、英理は慌てて首を振った。

「話されなくていいです。今はゆっくり休んでください」

額に置いた布の上から撫でるように手を置いたら、亜蘭が目を細めた。

亜蘭はその手を取って、唇へ運ぶ。指先に口づけられ、英理は硬直した。

「……よかった、お前が無事で」

亜蘭のほうがよほど重傷なのに、それでもそんな言葉をかけてもらって、自分を案じてくれていたことがわかって、心が震える。

それはただの下臣が抱いていい気持ちだとは思えない。だからどうにか押し込めようとするのに、体の内からこみ上げてくる。

「そんな――」

あなたのお陰で処刑されることもなく牢を出られた。そう返そうと思った瞬間、不意に腕を引かれ、英理は亜蘭の体の上に倒れ込んでしまう。

咄嗟に退けようとした体を押さえ込まれ、寝台の上に押し倒された。背中の烙印に激痛が走って息が止まる。

「んん……っ」

悲鳴を呑み込んだのは、覆いかぶさってきた英理に唇を塞がれたことも理由のひとつだ。

抵抗しかけて、英理は体の力を抜く。

兵士の言葉は、どうやら嘘ではなかったようだ。

落胆したような気持ちがないと言えば嘘になる。けれどそれよりも、離れ離れになり、安否もわからなかった亜蘭が無事で、そして――幼い頃からずっと恋慕っていた彼に求められたことへの喜びのほうが、ずっと大きい。

自らおずおずと開いた口の中に、熱い舌が潜り込んできた。音を立てて舌を吸われ、重ねた唇から唾液が溢れる。拭った亜蘭の指に更に口を開かされて、口づけは深くなった。

「ん、……んっ、ぅ……っ」

以前一度だけしてもらった口づけとは、全然違う。困惑して逃げそうになる不慣れな体を、両腕で抱き竦められた。

「んん……」

激しく荒々しいのに、亜蘭の唇に蕩《とろ》かされる。

必死に応えていると、唇を重ねたまま、亜蘭の手が英理の服をたくし上げた。

熱い掌が腹を、肋骨《ろっこつ》の上を撫でていく。乳首を指で押されて、反射的に体が強張った。

「――英理」

吐息交じりに名前を呼ばれ、強く瞑っていた目を開けた。はらりと零れた白金色の髪に見惚れているのと、亜蘭が苦笑する。

「俺から仕掛けておいて、こんなことを言うのもなんだが……いいのか、英理」

なにを問われているのかわからず、英理はただ亜蘭を見返した。かけられた言葉の意味を理解しようとするのに、ぼんやりして頭が働かない。

「逃げるなら、今だぞ。英理」

取り繕う言葉を探す余裕もなく、英理は両腕を伸ばして亜蘭に抱き縋った。

そもそもこの場に足を運んだ時点で、答えは決まっている。亜蘭は英理の意思を確認してくれたけれど、本当は、選択の余地などない。

王族の要求を断る理由などないし、万が一断りでもしたら家族全員の首が飛ぶ可能性だって否定できない。亜蘭がそんなことをするわけがないとわかっているし、もとより英理は求めを拒むつもりは毛頭なかった。

「……いい。いいです、あなたになら、なにをされても——」

言い終わらないうちに、また唇を塞がれた。

唇を合わせながら、亜蘭は英理の衣服を剝ぎ取っていく。衣服が背中に擦れて一瞬息を詰めてしまったが、亜蘭がそれに気がついた様子はなくて胸を撫で下ろした。

亜蘭は英理の脚を撫で、導くように開かせる。

「……っ」

下着を脱がされて、今まで誰にも見せたことのない場所に亜蘭の指が触れた。その指がぬるりと中に入ってきて、思わず息を呑む。咄嗟に亜蘭の胸を押してしまい、はっとした。

英理の顔を見下ろして、亜蘭が苦笑する。

「大丈夫だ。治療用の油だから、体に悪いものじゃない」

生傷の絶えない彼のために、普段から枕元に様々な薬が用意されているらしい。

そういうことではないのですが、と反論するわけにもいかず、かといって指を入れられている現状への戸惑いを伝えることも憚られ、ただ羞恥を抱きながら頷くに留めた。

亜蘭は子供の頃にしてくれたように英理の頭を撫でて、緊張で固く強張った不慣れな体を拓いていく。固く窄まっていた箇所が綻び始めた頃、不意に亜蘭の指が動きを止めた。

「亜蘭、様？」

英理は無意識に瞑っていた瞼を開く。まるで走ったあとのように亜蘭の呼吸が荒い。目が合うと彼は微笑み、それから小さく息を吐いた。やはり体が辛そうだ。

「亜蘭様、お体の具合が」

「すまん、大丈夫だ」

とても大丈夫そうではない様子で亜蘭が言う。

彼が望むならと思ったけれど、やはり体調が整っていない状況ですべきことではなかった。こちらに体重をかけないようにしてくれている亜蘭の背中を労るように撫でる。

「今日はもう、休まれてください。これ以上はお体に障ります」

「嫌だ」

きっぱりと言って、亜蘭が覆いかぶさってくる。痛いくらいに抱き竦められた。

弱っているはずなのに、いつもよりもずっと力が強い。そのことで、普段彼が力を加減し優しく扱ってくれているのだと思い知って、胸が疼く。

「亜蘭様」

「……嫌だ。こんなところで引けるか。せっかく、お前が……」

呻くようにそう言って、亜蘭は腕に更に力をこめてくる。

なによりも亜蘭の体が心配だし、困惑しているのも本当なのに、英理の心は彼にそこまで求めてもらえて嬉しいと喜んでしまっていた。

きゅっと唇を引き結び、英理は亜蘭の身を押し返す。

「っ、英――」

拒まれたのかと眉を顰めた亜蘭が、口を噤んだ。

誘うように自ら脚を開いた英理は、亜蘭をとても直視できなくて顔を逸らす。それでも亜蘭の視線を気配で感じ、あまりの羞恥に顔は火照り、手が震えた。

「もう、いいですから、早く……」

消え入りそうな声でそう懇願し、唇を噛む。

体を休ませるのが先決で、けれど亜蘭が嫌だというのなら、とにかく目的を果たして静養させねばならない。

そう言い訳して自分を納得させながらも、はしたない姿を自ら晒すのは想像以上の恥ずかしさで、目が潤んだ。

その上、決死の思いで脚を開いているのに亜蘭の反応がなく、今更怖くなってちらりと視線を向ける。

彼は怖い顔をして英理の腰を抱いた。

「亜――、っ」

戸惑う暇なく、まだ綻びかけだった場所に亜蘭のものが押し入ってくる。反射的に逃げた腰を押さえつけられ、より深く咥えこまされた。

「ぅ……、く」

苦しい、と口走りそうになってどうにか噛み殺す。

いっぱいに広げられた浅い部分より、下腹が重苦しかった。拒むように固い奥を、亜蘭はゆっくりと、けれど強引にこじ開けてくる。

「英理」

どれくらい時間が経ったのか、名前を呼ばれ、いつのまにかきつく瞑っていた目を開ける。気づけば英理は亜蘭の体にしがみついてしまっていた。

慌てて腕を解くと、亜蘭は微笑んで英理の手を摑み、縋ってもいいのだと促してくれる。

おずおずと手を回したら、再び抱き竦められて唇を奪われた。大きな掌が項に触れ、まるであやすように撫でてくる。

「ん……っ、んっ」

口づけながら、亜蘭は英理の瘦軀を揺すりあげた。苦しくて、突き上げられる度に腹の奥に感じる鈍い痛みと衝撃に息が止まる。それなのに、亜蘭に抱かれているこの状況を嬉しく思っている自分も確かに存在した。

舌で口腔内を愛撫されると、頭の芯が徐々にぼうっとしてくる。蕩けるような心地に、自ら舌を絡めてしまっていた。

「っ……」

今までよりも深い場所を強く突かれ、ぐっと奥歯を嚙み締めた。亜蘭がはっとして、顔を覗き込んでくる。

「大丈夫か、英理」

汗ばんだ額を心配そうに撫でられて、小さく頷く。本当は「平気です」と否定したかったが、口を開いたら苦しげな声を出してしまいそうだった。

下手なことを言って、亜蘭の興を削ぐような真似はしたくない。それに、部屋中に焚きしめられている薬香のせいか、徐々に痛みが薄れてきているのも本当だった。

「くそ……、こんな具合でなければ、もう少し気遣ってやれるのに。——すまん、余裕がない」

首筋に口づけながら詫びる亜蘭に微笑んで頭を振り、その背に縋る。

なんて浅ましいのだろうと思うのに、彼に触れられることが嬉しくて哀しい。

でも、きっともうこれが最後だ。

身分が違うということが——そんな関係で距離を詰めるということが、互いを傷つける可能性があるのだと、英理はわかっているようでわかっていなかった。それを思い知った。

本当は、彼の宝剣に触れて父に打たれたあの日に、きちんとわかっておくべきことだった。

弟に注意をする資格なんて、なかった。自分のほうがよっぽど物を知らなかった。少しも成長していなかったのだ。

きちんと距離感を弁えていれば亜蘭は怪我をすることはなかったし、一族に累《るい》が及ぶほどの失態を犯すことになりはしなかったのに。

悔いるような気持ちで、己を罵《ののし》りながら英理は亜蘭の背に縋った。

寝台から静かに身を起こし、傍らに眠る亜蘭の髪に触れる。

一度英理の中で果てると、亜蘭はそのまま寝台の上に倒れ込んでしまったのだ。

こんなものではない、まだ足りないと駄々のように繰り返す亜蘭を宥《なだ》め、英理は熱の上がったその身を清めた。口ではそう言いながらも体のほうはやはり限界だったのか、英理に押さえ込まれた亜蘭は起き上がるのも難しそうで、やがて諦めて大人しくなった。

それでも亜蘭は不満げにしていて、「今日は余裕がない。全快したらもう一度だ」と言い放ち、うとうとし始めるとすぐに眠ってしまった。

——体調が悪くていらっしゃったのだから、……断ったほうがよかったのだろうか。

けれど、今夜はそのために呼び出されていたわけだし、拒むのは不敬だったかもしれない。世間知らずで経験のない英理には、正解がわからなかった。

寝台から下りようと身動きをしたら、脚の間に体液が伝う感触があり、苦笑する。中に出されたものか、それとも自分の血か。

腰に重さはあるものの、痛みはさほどない。途中から抱かれる痛みも烙印の痛みも殆ど感じなくなったのは、部屋に漂う強い香のせいに違いなかった。

毒にも薬にも不慣れな自分には覿面《てきめん》に効いたようだ。痛みが和らいだだけではなく、夢中になって余計なことを沢山言ってしまった。

寝台の傍らにしゃがみ込み、亜蘭の顔を覗く。指先が震えているのを自覚して、自分の唇にそっと運んだ。

——幸せだ。

全身余すところなく亜蘭に触れてもらって、幸せだった。これでもう、思い残すことはなにもない。

「……英理……」

起こしてしまったかと身構えたが、亜蘭は目を伏せたままだ。髪と同じ、白金の睫毛が頬にかかっている。どうやら、譫言《うわごと》のようだ。

「……はい」

亜蘭の額に手を乗せる。また少し、熱が上がったかもしれない。

これ以上、亜蘭の傍にはいられない。もう、彼を傷つけたくないのだ。

愚かな自分はいずれまた、亜蘭を傷つけることになる。そのときはこんなふうに恩赦はもらえないだろうし、なによりも亜蘭に害をなすのは自分であっても他人であっても耐えられそうにない。一夜を共にして、亜蘭のことをより好きになってしまったから、離れなければならないと思う。

「はい、亜蘭様」

名を呼ぶと、彼が少し笑ったような気がした。寝返りを打ち、亜蘭は英理の手を握る。涙が出そうになり、唇を噛んだ。

そっと手を解いて城を抜け、不寝《ねず》の番に挨拶をして英理は夜道を歩く。夜風が火照《ほて》った膚を撫でていくのが心地よい。

――今日は、満月だったんだ。

藍色《あいいろ》の空にぽかりと浮かぶ月は、丸く大きい。大好きな、亜蘭の髪と同じ色だ。

ゆっくりと歩きながら、家ではなく山のほうへ向かう。薬が切れ始めてきたのか背中が、己の罪を報せる烙印がほんの僅かに痛んだ。

苦笑し、ひとつ息を吐く。

山道の入り口を抜け、草木の生い茂った道に差し掛かったところで、ぴぃ、と聞き覚えのある鳴き声がした。

顔を上げると、見覚えのある猛禽が羽を広げて降りてくる。今日は月明かりが強いせいか、その姿がはっきりと見えた。

「昊……！」

数日ぶりに会う昊に、英理は思わず声を上げる。

「昊、無事だったのか⁉」

王族に傷をつけてしまったのだ。もう処分されてしまっているかと思っていた。手甲をつけていないので腕に乗せることはできないが、地面に降りた昊に駆け寄る。

猛禽は目がよく夜目も利くので、昊も英理のことがきちんとわかっているのだろう。きゅう、と応えるように鳴いた。

「……よかった」

安堵に胸を撫で下ろし、涙が滲む。

あの場から飛び去ってしまった昊の行方を知ることができず、ずっと気を揉んでいたのだ。

「――兄さん」

昊の背を撫でていたら声をかけられて、英理はぎくりと背筋を伸ばした。

「有理」

「こんなところで、なにをしているんですか」

　どうやら、走ってここまで来たらしい。息を切らした有理が、鋭い声で問うてきた。

「帰りが遅いし……今日は、そんなものかなって思っていたけれど、それでも嫌な予感がしたから門番の人に訊きに行ったんです。それで、もう兄さんがとっくに城を出たって聞いて」

　訓練していたときのように、昊を使って英理の居所を探し当てたということなのだろう。よくできたな、とここは昊を褒めるべきだろうか。英理は苦笑する。兄さん、と有理の声が怒りを孕《はら》んだ。

「こんな時間に、山になんの用があるんですか。やっと牢から出たと聞いて、俺たちはずっと待っていたのに……！」

　こちらを睨みつけながら、有理が強い口調で問い質《ただ》す。

　問いながらも、英理がどうしてここにいるのかの察しはついているに違いない。夜の山は、狼や野犬が活発に活動しているし、足場が見えず危ない。そんなところに炬火も持たずに入ったら、どうなるかは子供でもわかる。

　つかつかと歩み寄ってきた弟に、頬を叩かれた。弟に怒鳴られたのも手を上げられたのも、これが初めてだな、と英理は思う。

「言っておきますが、そんな馬鹿な真似をしたら亜蘭様は怒りますからね」

　恐らく英理が一番避けたいことを、弟は的確に指摘する。

　有理が怒るとか、家族が悲しむとか、勿論それらも歓迎したいことではないけれど、いわば英理の最大の弱点ともいえる箇所を責めてきた。

「あの方は『鬼神』です。きっとあの世までとんでいって、兄さんのことを殴り飛ばすに違いありません。それで、すごく……すごく、怒ると思います」

「……それは、嫌だな」

本当にやってのけそうで、そんな場合でもないのに笑ってしまう。有理は兄を睨みつけた。

「俺だって赦さないから。嫌いになるから。馬鹿なことをしたら、兄さんだなんて、思わないから……っ」

小さな子供のような口調と語彙力《ごいりょく》で文句を言う有理が涙声で訴える。釣られるように英理の目にも涙がこみ上げて、「ごめん」と口にした。

「十分、馬鹿なことをしただろう……？　俺のせいで、一族皆が迷惑した」

「いいんです、そんなことは！」

よくないだろう、と咄嗟に思ったが、有理は「いいんですよ」と重ねた。

「結局、なんてことなかったんですから。検証だってあのあとちゃんと進んでいるし、兄さん以外に誰も、罰せられていません。昊も赦してもらえました。別の土地に移動して鳥飼いを大きくするっていうあの話だって、まだ生きてるんですよ！」

「そう、なのか」

有理の話がどこまで本当なのかはわからないがその話は特に意外で、英理は目を丸くした。この件で立ち消えになるものだとばかり思っていたから。

自分以外が懲罰を受けていないという話にも安堵する。実際のところは、牢を分けられただけという可能性もあったから不安だったのだ。

ほっとしたら体の力が抜けて、英理はその場に膝をついた。

「――兄さん！」

慌てて駆け寄った有理が肩を貸してくれる。膚が触れ合った瞬間に、有理の肩が強張った。

「ひどい熱……！」

「ああ……、背中の烙印のせいかな」

服が微かに後ろに引っ張られる気配がする。恐らく、襟首から有理が覗いたのだろう。息を呑む気配がした。

「家に帰ったら、すぐ休みましょう。薬を塗って、冷やして、ちゃんと寝台で休んでください。……そうか、そうですよね。いくら偉い人がお赦しくださっても、何事もなく赦してもらえるなんてこと、ないんですよね」

けれどこの程度で済んで幸いだったことには違いない。英理は曖昧に頭を振った。

薬が本格的に切れてきたのか、痛みとともに意識が朦朧としてくる。

「……新しい土地に行って、頑張りましょう。それで、陛下たちに報いましょう」

自分たちは必要とされているんだから、と有理は英理に言い聞かせるように告げた。ついこの間まで子供だったのに、もう兄を慰めるくらいに大人になっていたのだと、そんな場合でもないのに感慨にふける。

「すまない」

「なにがですか。大丈夫ですよ、心配しないで。兄さんには休養が必要なんです」

色々謝りたいことはあるけれど、そのうちのひとつ、有理と凰炎のことがひどく心に重く伸し掛かる。

それはきっと、虜を重ねたことがとても幸せだったと思うからだ。

「……でもお前、凰炎様と」

弟と、王子である凰炎の間に流れている空気は、ただの友情のそれとは違うように感じていた。

結果的に自分のほうがなにもわかっていなかったけれど、だから英理は有理に対して、あまり王族に近づくなと警告していたのだ。

有理は首を傾げ、子供の頃のように天真爛漫《てんしんらんまん》に笑ってみせた。

「大丈夫。兄さんが心配するようなことはなにもありません。俺のことなんて考えている余裕はないでしょう?」

もっともなことを言われて閉口する。

だが今は思案している余裕もなく、英理は体調を理由に考えることを放棄した。


英理たちが新設された集落へ移動したのは、それから二十日ほど後のことだった。

日常の業務をこなしながら荷物を少しずつ運んでいたら、それなりに時間がかかってしまったのだ。

城下町では英理たち一族の一部、そして他の一族が残って今までどおり水禽などの飼育をする。一方の新しい集落では主に猛禽の飼育を行うことになった。

従来どおり王への献上品の飼育の他、このところの猛禽の活躍で王や王子たちが興味を持ったので狩りとその指南も行うことになっている。

小国を潰した土地にできたという新しい集落は、猛禽の訓練をするのに向いている広い農耕地や森などがあり、小動物なども多く生息していた。

畑を耕したり猛禽たちを慣らしたり、移動した住人たちに猛禽の慣らし方を教えたりとやることは多く、日々あっという間に経過していく。

「――兄さん、そろそろ戻りましょうか」

「ああ」

もう西陽の色が濃くなり始めてきた。猛禽には夜間の狩りも可能だが、人間のほうの目が追いつかないので日が暮れる前にお開きだ。

指笛で呼ぶと、昊が戻ってきて手甲に止まる。このところ、昊は英理の言うことをきちんと聞いてくれるようになった。

他の猛禽はまだ完璧には扱えないが、昊だけはもう有理と比べて遜色《そんしょく》がないほどに使役することができる。

首を撫でてやると、昊は気持ちよさそうに目を細めた。

「なあ、有理」

「はい？」

「……本当に、よかったのか。町に残らなくて」

この一月《ひとつき》の間、ずっと気になっていたことを口にする。

本当は、有理は城下町に残るという選択肢もあったのだ。だが有理は呆れ顔で「猛禽を育てる場所に俺が行かないで誰が行くんですか」と驕りでもなんでもない、もっともなことを言った。

——でも、有理は凰炎様と……。

本来は口に出すのも憚られる関係なので黙っていると、察した有理が笑う。

「心配しなくても、問題はないです」

有理があまりにもけろっと返すのでこちらのほうが困惑した。英理の勘違いでなければ二人は恐らく恋仲にあるだろうに、有理はあっけらかんと「平気ですよ」と重ねる。

もう亜蘭に会えない、合わせる顔がないと思うだけでまだ英理の胸は強い痛みを訴えるというのに、弟はやけに割り切った様子だ。

英理と違い、有理は頻繁に城下へ足を運んでいるようだし、それほど苦にはならないということだろうか。

「だが」

「俺のことなんかより、兄さんは自分の心配をするのが先ですよ」

そう言われれば、ぐうの音も出ない。口を噤んだ英理に、有理はほくそ笑む。

「……別に、俺に心配事なんてない」

「そんなこと言って。毎日悲愴《ひそう》な顔しているじゃないですか」

お見通しだとばかりに追撃され、今度こそ黙り込んだ。禽舎に旲を戻して、鍵を閉める。

――悲愴な顔か。

初めて抱かれた夜の痕跡《こんせき》は、元々薄かったこともあり、体には僅かばかりも残っていない。背中の烙印だけが、まだ強い痛みとともに残っている。

不名誉な焼印の痛みが消えゆくのにさえ寂しさや怖さを感じてしまうのは、繋がりが完全に絶たれたと否が応でも自覚させられるから――愚かにもそんな気がしているのかもしれない。

――元々繋がってなどいなかったのだ。馬鹿め。

ぐっと涙がこみ上げそうになり、唇を噛む。未だに、亜蘭の顔を思い出すだけで泣きそうになるのだから我ながら呆れたものだ。

堪えて小さく息を吐く。ふと、東のほうから鳥の群れが飛び立つ音がした。

「……？　なにか……」

こころなしか、遠く喧騒が聞こえる。

振り返るが、その景色はいつもどおり静かなもので、特になにも見えなかった。――だが数秒後、二頭の馬がものすごい勢いで駆けてくるのが視界に飛び込んできて、ぎょっと目を瞠る。

蘆毛の馬と、黒馬だ。見間違いかと思って目を擦り、気のせいではないと知る。

「有理、逃げるぞ！」

そのあまりの勢いに暴れ馬かと身構え、咄嗟に弟の腕を引いた。けれど有理は動かず、ただ馬のほうを見ている。

そうこうしているうちに、あっという間に距離を詰めた馬が手綱《たづな》を引かれて嘶《いなな》き、肢を止めた。

逃げ場のなかった英理は、有理の腕を摑んだまま無意識に止めていた息を吐く。

「――英理！」

何故逃げなかったのかと弟を責めようとした瞬間、聞き覚えのある声に名前を呼ばれ、反射的に顔を上げる。

「え……？」

蘆毛の馬の背に乗っていたのは、亜蘭だった。

長い白金の髪を振り乱し、興奮する馬を抑えながら荒い呼吸を整えている。

思いがけぬ人物の登場に、英理は咄嗟に反応を返せなかった。足腰から力が抜け、その場にへたり込む。

「……亜蘭様……？」

何故ここに。

そう問いたいのに、体が動かない。驚いて、これが現実なのかもわからなくて、ただ呆然とする。

一方で、傍らに立っていた弟は、黒馬のほうへと嬉しげに駆け寄った。

「凰炎様！」

ほんの僅か遅れてやってきた黒馬には、凰炎が跨がっていた。彼はひらりと馬から降りると、片腕で有理を抱き寄せる。

特に驚いてもいない様子の有理に説明を求めたいが、弟は機嫌よく凰炎に話しかけていて、もう兄を振り返らない。代わりに、凰炎のほうがこちらに顔を向けた。

「叔父上。あとはお任せください」

「ああ。――英理、行くぞ」

行くぞと言われても、体が動かない。亜蘭はすぐにそれを察し、一度馬を下りて英理を抱き上げた。

蘆毛の馬の背に英理を乗せると、自らも身を翻すようにして騎乗する。

後ろから英理を抱きしめる格好で手綱を引いて器用に方向転換し、馬を走らせた。

唐突に速度が上がったのに驚いて、英理は思わず息を呑む。

「あ、の……っ亜蘭様……っ」

英理もまったく馬に乗れないわけではないが、こんな早馬に乗った経験はない。落ちたら大怪我どころか死んでしまいそうで慄いていると、背後の亜蘭が強く抱いてくれた。

「一体どこへ行くのですか……！」

「俺の家だ！　決まっているだろう！」

声を張り上げないとよく聞こえないので、互いに怒鳴り合うようにして会話をするしかない。亜蘭が怒っているのかそうでないのか、声色からは判断できなかった。

なにより「決まっているだろう」と断言されても、頭がついていかない。

「何故ですか！」

「何故もない！　人が寝てる間にいなくなったお前が悪い！」

「悪いって、そんな……！」

一体なにを責められているのかと混乱していると、背後から抱く腕の力が強くなった。

「言っておくが、俺はもうお前を放す気はないからな！」

「えっ⁉」

「もう黙っていろ、舌を噛むぞ！」

短く言われて、慌てて口を閉じる。亜蘭が笑うのが、触れ合っている部分から伝わった。

亜蘭の愛馬はとんでもない速度で走り続け、完全に太陽が沈んだ頃に亜蘭の城へと辿り着く。自分が走ったわけでもないのにぐったりしてしまい、英理は脱力した。

ひらりと馬から下りた亜蘭は、緊張で体が強張ったままの英理の体を抱き上げる。

「おかえりなさいませ、亜蘭様」

控えていた下臣に手綱を渡して、亜蘭は英理を抱き上げたまま城の中へ入った。

人目は殆どなかったけれど、王子に担がれている状況は非常にまずい。何度も「下ろしてください」と訴えたが、黙殺された。

大股で廊下を歩き、ばたんと大きな音を立てて寝室の扉が開かれる。灯りはつけられておりり、室内がぼんやりと明るかった。

――よかった。薬の匂いはもうしない。

これだけ元気に動いているのだから当然かもしれないが、あの日の晩に噎《む》せるほど焚かれていた痛み止めの薬香はもう使用していないようだ。

安堵の息を漏らした英理を、亜蘭は寝台の上にそっと下ろす。

「大丈夫か」

「それは、こちらがおうかがいすべきことです。……もうお加減はよろしいのですか。体はお辛くありませんか?」

ずっと訊きたかったことを訊ねると、亜蘭は何故か辛そうに顔を歪めた。

「……大事ない」

はっきりと返され、ほっと胸を撫で下ろす。

英理は寝台を下り、床に頭をつけた。亜蘭が息を呑む気配がする。

「大変、申し訳ありませんでした。御身にお怪我を負わせてしまい、この命をもってお詫び申し上げる所存でしたが――」

「やめろ!」

口上を遮り、亜蘭は英理の肩を摑んで起こした。

「お前はなにも悪くない! 俺はあのときもそう言ったはずだ!」

亜蘭の瞳が、まっすぐ睨み下ろしてくる。綺麗だな、と思っていたら涙が出てきた。肩に触れていた亜蘭の手が、ぎくりと強張る。

「……悪くないわけ、ないじゃないですか」

涙が頬を伝い、床に落ちる。

堪えたいのに、一度流れてしまったら止められなかった。涙も、泣き言も。

「罰せられて、本当はほっとしたんです」

　血に染まった腕を見たとき、血の気が引いた。青白く、意識を失った亜蘭を見たときは、恐怖で体が震えた。

　自分のせいで亜蘭をそんな目に遭わせてしまったのだと知って、絶望した。

　亜蘭は確かに英理を責めなかった。でも。

「俺は、自分で自分が許せない……」

　結果的に命は助かったけれど、貴人を――恋した男を危険な目に遭わせてしまった。

　死んで詫びたかったのも本当だ。本来不名誉な烙印は、死ぬことよりもずっと軽い罰だった。それを生涯背負っていくことさえも亜蘭と繋がっていた証なのだと思えてしまう英理には、なんの罰にもならない。誰も相応の罰を与えてくれないのなら自ら命を絶とうとさえ考え、それでも贖《あがな》える気がしなかった。

　さめざめと泣く英理に、亜蘭が舌打ちをする。

「英理、よく見ろ」

　そう言って、亜蘭は怪我をしていた腕を捲って見せた。直視できず顔を逸らした英理を許さず、亜蘭が再度「見ろ」と命じる。

　意を決して視線を向けると、彼の腕には古いものから新しいものまで、大小様々な傷があった。一番真新しいものは、裂いたような数条のものだ。

　昊がやったものが残ってしまったのだ、と察して胸が苦しくなる。けれど亜蘭は、太い条の傷を指差した。

「いいか、これがあのときの狗が俺につけたものだ」

　狗、と反芻《はんすう》し、己の失態の印象が大きすぎて忘れかけていたが、あのとき亜蘭は敵の差し向けた狗と対峙していた。

「それで、これが昊の爪によるものだ」

その隣に、幾分か細い筋状の傷がある。こちらも傷も浅くはない。

「よく聞けよ、英理。俺が昏睡《こんすい》状態になった原因は、こちらのほうだ」

こちら、と指したのは狗による傷のほうだ。

けれど、亜蘭の言うことが本当かどうかはわからない。英理が気に病まないように言ってくれているだけに違いない。

そんな考えが顔に出たのか、亜蘭はもう一度大きく舌打ちをして英理の項を引き寄せた。

「俺も侮られたものだな。猛禽に引っかかれた程度でこの俺が昏睡なんざするわけがないだろうが！」

引っかかれた、と表現するような可愛い傷痕ではない。

亜蘭は本当に不本意そうに唇を曲げた。

「まったくどいつもこいつも、俺を過小評価しすぎじゃないか？　単なる外傷で一ヶ月も寝込むほど、俺はやわじゃない」

自信なくすぞ、と亜蘭が息を吐き、英理の項を優しく撫でる。

「で、も……」

「だから、なんのために俺が倒れる寸前に『お前のせいじゃない』と言ったと思っているんだ。伊達《だて》や酔狂《すいきょう》で、あの状況でそんなもん言うか。前々から言ってただろうが、俺は呪術と蠱毒に弱いんだよ」

曰く、医師と薬師、それから卜部《うらべ》の者を呼んできちんと診断をつけた結果、亜蘭が死線をさまよった原因は、敵の狗の牙《きば》に塗られた蠱毒、それに纏わる呪術によるものだと結論が出た。

昊がつけた傷のほうからは呪や毒の類は出てこなかったという。それは当然だ。

だが倒れたばかりの頃はまだなにも診断がついておらず、護衛や観衆の証言もあり「亜蘭様は猛禽に攻撃をされた後に昏倒された」という状況証拠が先行してしまったのだ。

「第一、もしこれが英理や猛禽のせいだったら『お前のせいだが、俺が赦す』と不問にさせる」

公私混同も甚《はなは》だしい無茶苦茶な言葉に、英理は唖然とする。亜蘭は不満げに舌打ちをした。

「——おまけに、お前は否定しなかったというし」

先程から項に触れる指の感触にどぎまぎしながら、英理は正座する。

「それはだって、俺もそう思っていたので」

はあ、と亜蘭が大きく嘆息した。

「全員先走りやがって。少しは人の話を聞け」

「でも、俺の猛禽が御身に傷をつけたのは事実ですから」

まるで無罪のように言っているが、前提としてそのこと自体は事実であり、本来は王族に傷をつけた時点で極刑になってもおかしくない所業だ。赦免された結果が烙印という刑罰でも、なんの違和感もなかった。

正直にそう告げると、亜蘭はがしがしと頭を掻く。

「他の王族に限ってはその可能性もあるかもしれんが、俺に限ってはない。第一、子供の頃から剣の稽古などで傷など無数につけられ慣れている。こんな傷だらけの体にかすり傷が加わった程度で今更そんなことが言えるか。頭がおかしいだろ」

「それとこれとは」

「それに、旲の場合は直前に俺を助けているだろう。そもそも、防具もなしに呼んだ俺の落ち度もある」

どちらに否があろうと、それまでに功績があろうと、王族に傷をつけた時点で通例であればご破産だ。或いは、傷をつけた動物は殺処分となる。

「でも——、あっ」

まだ否定しようとした英理を、亜蘭は再び抱き上げた。そして、また壊れ物を扱うように優しく寝台へ下ろす。

仰向けに転がされ、背中の痛みに顔を顰めて間もなく亜蘭が伸し掛かってきた。見下ろしてくる空色の虹彩に、胸が大きく跳ね上がる。

「亜蘭様」

「もういいと俺が言っているんだ。お前も納得しろ」

そんなむちゃくちゃな、と戸惑う英理の唇を、否定の言葉を紡ぐのを許さないとばかりに亜蘭が塞いだ。

「――いい加減、言うことを聞け。……頼むから、俺の傍にいろ」

唇を離し、亜蘭がまるで懇願《こんがん》するような声音で命じる。

余裕のないその様子に、自分が彼に求められているというのを思い知る気持ちで、愛しさや羞恥や泣きたい気持ちが一気にこみ上げてきた。

愛しさに、胸が詰まる。

「は、い……」

涙の滲んだ目元に、亜蘭の形のいい唇が押し当てられた。

啄むように口づけながら、亜蘭の掌が腹に触れる。裾を捲って素肌に触れられて、思わず息を詰めた。

至近距離で、亜蘭がいたずらっぽく笑う。

「……全快したらもう一度だと、言っただろう?」

あの晩と同じことを言う亜蘭に、一気に頬が熱くなった。

亜蘭の指に、顎をくいと持ち上げられる。なにかを答える前にまた唇を塞がれた。

「今度は優しくする」

亜蘭が唇の間隙《かんげき》で囁いた。その言葉が意外で、英理は亜蘭の服を小さく掴む。

「前のときも、亜蘭様はお優しかったですよ」

微笑んで告げると、亜蘭は何故か怒ったような顔をしたあと「俺はあんなもんじゃない、覚悟しておけ」と先程と正反対のことを言った。

昔から、亜蘭に手荒に扱われたことは一度もない。彼はいつでも優しくて、鬼神などという呼び名が信じられないほどだった。

けれど、今日ほど「いっそ手荒にして欲しい」と思ったことはない。堪えきれず、「亜蘭様」と呼んだ。ん、と亜蘭が顔を上げる。その形の良い唇に、英理の性器を咥《くわ》えたままだ。亜蘭は先程から、それを吸ったり舐ったりしながら、英理の後ろに指を入れていた。

潤滑剤のせいか、英理の体液のせいか、ゆっくり指が抜き差しされる度にいやらしい水音が響く。

英理は両手で口を覆ったままゆるく頭を振った。

「もう……、いいです。やめてくださ、うぁ、」

じゅる、と音を立てて吸われ、変な声を上げてしまう。もう既に二度、亜蘭の口の中に出してしまった。

亜蘭はその美貌に微笑を乗せ、口を開いた。英理の体液と彼の唾液の混じったと思しきものが彼の唇からとろりと零れたの見て、羞恥と罪悪感に悲鳴を上げそうになる。

「いいから、楽にしていろ」

「そんな……っ」

こんなことをされていて、楽になんてできるはずがない。

それに、本来なら奉仕をする立場なのは英理のはずなのに。

頭に血が上りすぎているせいか、呼吸がままならないせいか、息も苦しくなってきた。

「今日は薬がないから念入りにしないと、お前に傷をつける。それより、もっと脚を開け。……これは命令だ」

「……っ」

にっと笑って残酷なことを言われ、絶句する。

けれど逆らうこともできずに英理は涙目になりながらおずおずと脚を開いた。その様子を注視していた英理が、唇を舐める。

「いい子だな」

「……っ、ふ……、ぅ……」

恐らくわざと音を鳴らしながら、亜蘭は英理の性器を啜り上げた。

亜蘭の絹糸のような髪が触れる度、太腿が震える。鼷の箇所に爪を立てられると、ひくっと喉が鳴った。

「あ……っ、あぅ、う……っ」

性器と同時にずっといじられていた後孔も、もうすっかり綻んでいる。指を抜かれると、物欲しそうに吸い付いているのが自分でもわかってしまった。

——体が、変になっている。


亜蘭の指が内壁を擦ると、腰が勝手に揺れるのだ。逃げようとしても、下肢を亜蘭に押さえられていて身動きがままならない。

亜蘭は英理の性器を舐りながら、腹側を押し上げるように指を動かした。

「んん……っ」

手で押さえているのに、指の隙間《すきま》から熱い吐息とともに情けない嬌声《きょうせい》が零れてしまう。

目をぎゅっと閉じて息を止めていたら、口を押さえていた手の甲を擽られた。目を開けると、苦笑する亜蘭の顔が間近にある。

「英理」

亜蘭は優しく英理の手を外させ、唇を重ねてくる。唇を舐められ、舌を吸われ、背筋が震えた。その心地よさに力が抜けて、英理はいつのまにか夢中になって応えてしまう。

ちゅ、と音を立てて唇が離れ、亜蘭が軽く額をぶつけてきた。

「お前、息を止めるなよ。死ぬぞ」

「は、い」

口づけの余韻で舌が縺れるのがまた恥ずかしい。

真っ赤になった英理に、亜蘭がおかしげに破顔する。

亜蘭は身を起こし、英理の膝を摑んで大きく開かせた。意図を察し、英理は敷布を摑む。ふ、と亜蘭が苦笑した。

「あまり緊張するな」

「して、ないです」

明らかに嘘とわかることを言ってしまった。亜蘭はそうかと返す。

「……まあ、やめてやることもできないがな」

亜蘭が、時間をかけて広げていた場所を指で押さえる。そこに、熱いものが押し当てられた。

「っ……！」

痛くはない。だが、初めてのときよりもずっと圧迫感があって苦しい。

無意識に逃げた腰を、亜蘭の腕に引き寄せられる。うぁ、と変な声を漏らしてしまった。

「すまない、やはりきついか」

いいえ、と返したいのに声が出せず、英理は首を横に振った。気遣ってはくれるが亜蘭も止まれないのか、じりじりと中に入ってくる。

「っ……もう少しだ。……我慢、してくれ」

「ん、……ぅ、……」

どこまで来るのかわからない感覚が、怖い。もうこれ以上入らないと思うのに、まだ入ってくる。腹が引き攣れそうだ。

いっそ乱暴にしてくれていいのに、と今日何度目か願っていると、やがて膚が密着する感触とともに腰が止まった。

どちらからともなく、息を吐く。

汗ばんだ英理の額を、亜蘭が優しく撫でてくれた。

「大丈夫か、英理」

「……大丈夫、です」

もう一度息を吐きながらなんとか答える。すぐに抜き差しされるものかと思い身構えたが、亜蘭は英理の額や頬を撫でているだけだ。

「あの」

「まだ苦しいだろう?」

馴染むまでこのままで、と亜蘭が微笑む。

けれど、中に埋められたものは随分と硬いような気もするし、なにより亜蘭が時折辛そうに顔を顰めるのだ。胸がきゅうと苦しくなり、英理は亜蘭の腕を引く。

「あの、俺は平気です。……もう動いてください」

「だが」

「お願い、します。亜蘭様の、好きにしてください」

頭を振って懇願すると、亜蘭が小さく呻く。それから、とても大きな溜息を吐いた。


「あ、ぅっ」

なにか粗相をしてしまったかと当惑していたら、深く嵌めたまま奥を突かれた。不慣れな衝撃に思わず息が止まる。

「うぁ……、っ……」

我慢できないほどではない。だが呼吸がままならない。

互いの腰を密着させたまま数度突かれた後、躊躇しながらもとうとう「待ってください」と声を上げてしまった。

亜蘭はすぐ動きを止めてくれる。ほっと息を吐いた。

「まだ苦しいのだろう?」

言い当てられて、唇を噛む。

本当だったら亜蘭に好きなように扱ってもらって構わないはずなのにと思いながらも、こくりと頷いた。情けなくて涙が出る。

「も、申し訳ありません、俺、……っ」

「いいから、泣くな。今日は優しくすると言っただろう」

頭を撫でながら口づけられ、強張っていた体の力がほんの少し抜けた。

折り重なってきた亜蘭と、膚と膚が触れる。それだけで安堵して、ほっと息を吐いた。

「痛いか？　どこが痛い」

唇を解きながら問われて、いいえ、と答える。

「痛くはないんです。でも……あの、深い、ところが苦しくて」

そうか、と言いながら亜蘭が腰を引いた。内壁を擦られながら抜かれる感触に、肌が粟立つ。

半分くらい抜かれると、圧迫感が少しだけ緩和された。訊かなくても感触でわかったのか、亜蘭が腰を止める。

熱い亜蘭の掌が、下腹に触れた。焦りと緊張で冷えた体に、そのあたたかさは優しく心地よい。

「ここまでは平気か？」

「は、い」

下腹を軽く押されながらゆっくりと抜き差しされる。亜蘭が動くと、繋がった部分から濡れた音がするのも恥ずかしい。

焦れったくなるほど優しく擦られていたら、ある地点に触れたとき、突然ぞくっと背筋が震えた。

「あ……っ」

反射的に声が上がってしまい、手の甲で押さえる。頬が瞬時に熱くなった。

——どうして、さっきまでは全然なんとも……っ。

自分の体のことなのに、把握ができない。

亜蘭は英理の顔をじっと見つめながら、探るように浅い部分を行き来する。問われもしないし答えてもいないのに、亜蘭は英理の反応をうかがって感じる部分を探っていた。

「あっ……、ん、んっ」

上ずる声が恥ずかしくて慌てて唇を噛む。だが、鼻から零れる声は嬌声を誤魔化しきれていない。それに、件《くだん》の箇所を擦られると、意識もしていないのに腰が小さく跳ねるのだ。

「ん、……んっ、ぅ」

擦られ続けている部分から、やがてじわりと滲むように広がってきた覚えのある感覚に、ぎくりとする。

「っ、待ってくださ」

目を瞠る英理に、亜蘭が下唇を舐めて笑った。

「ん？　どうした、英理」

優しい声で問われて、わけもわからず頭を振る。初めは小さかった快感は、火種となってじわじわと燃え上がった。

「あ、っ？　あ……あっ」

無意識に亜蘭の胸を押し返していた腕を取られ、敷布に縫い留められる。逃げようとする体は彼の手によって固定されてしまっていて、困惑しながら亜蘭を見返した。

「あの、……あの、俺……っ」

「うん、なんだ？」

亜蘭が英理の中の浅い部分を擦りながら、楽しげに笑う。けれど見下ろす瞳には獰猛《どうもう》な光が宿っていて、英理は狼狽した。

普段は察しがいい人なのに、どうして今こんなにも追い込まれているのをわかってくれないのだろうと、涙目になる。

「あのっ、や、……あぁ……っ」

足をばたつかせて抵抗したが、体格の差も力の差も歴然としている相手には無意味だ。弱い部分を容赦なく優しく責め立てられて、目の前がちかちかした。

「あっ、……や、駄目、駄目です……」

声が上擦る。醜態《しゅうたい》を晒していてみっともないという頭はあるのに、もうなりふり構っていられなかった。

「なにが駄目なんだ、英理」

そう言われると自分でもなにが駄目なのかわからない。とにかく心も体も追い詰められて、駄目な気がする。惑乱しながら、英理は頭を振った。

「っ、駄目です俺……駄目、駄目っ、あ、あぁ……っ！」

もう無理だ、と悟った瞬間、不慣れな体は達してしまった。

「あっ、あーっ……」

ただ射精するだけのときとは違う種類の快感に、頭がついていかない。呼吸すらままならず、腰が断続的に跳ねる。

止めていた息をほんの少しだけ吸った瞬間、英理の腰を支えていた亜蘭が、一瞬の隙を縫って奥まで突き上げてきた。

「あぅ……っ」

突き抜けるような快感に、英理は背を反らす。震える性器から、間歇的《かんけつてき》に精液が溢れていた。

奥まで嵌められているのに、苦しくない。苦しくないどころか、浅いところとは違う快感に体が痺れた。嵌めたまま腰を回されて、英理は声もなく悲鳴を上げる。

「……っ、……！」

制止の声も上げられず、もがくように亜蘭の腕を摑んで必死に首を振った。

亜蘭は英理を抱き起こし、膝の上に乗せるような体勢に変える。自重で更に深く呑み込む形になった英理の唇を塞いだ。

口を塞がれたお陰で息を止めていることを自覚し、忘れていた呼吸が戻ってくる。

「っは、……あ、あぁっ、あぁ」

息をした瞬間にも腰を揺すられていて、情けない嬌声を上げてしまった。英理は助けを求めるように、亜蘭の広い胸にしがみつく。

苦しくなるくらいに強く抱きしめられながら、奥を突き上げられた。

「やぁ……！　も、動か、ないで……ぇっ」

泣きながら頼んでいるのに、亜蘭は「そうだな」と言いながらも揺するのをやめてくれない。

「奥は、もう苦しくないか？」

「っ……苦しくない、苦しく、ないですから……っ」

認めるから、だからやめてください、と自分がもはやなにを問われて答えているかもわからないまま懇願する。

達したばかりで敏感になっている中をいっぱいに押し広げられ、擦られて、頭がおかしくなりそうだ。

「ん、ぅ」

唇を塞がれ、舌を搦め捕られる。

口の中を、腹の中を同時に掻き回されて、もし体が溶けたらこんな感じがするのだろうかと思った。

「ふ、ぅ……――！」

亜蘭の両腕に抱き竦められているのに、ふわっと宙に体が浮いたような気がした。

「……あぅ、あ……っ、あ……っ」

それからどれくらい経過したあとか、同じだけゆっくりと、地に落ちる感覚に襲われる。

一度目のときのような前触れもないまま、再び達したのだと気がついたのは、唇を離してからだった。かくんと後ろに倒れそうになった体を、亜蘭の腕が支えてくれる。

胸を喘《あえ》がせる英理の顔を見ながら、亜蘭が目を細めた。彼の体も英理ほどではないが、汗ばんでいる。

「平気か、英理」

問いかけに、英理は必死に息を整えながら頷いた。

英理の顳顬《こめかみ》に、亜蘭が唇を寄せる。柔らかなその感触にすら感じてしまい、体が震えた。

「初めてお前を抱いたときは、ただ苦しませたからな」

正直なところ、初めて抱かれた日は鎮痛効果のある香が焚かれていたため苦しくはなかった。どちらかといえば、慣れない快感に翻弄《ほんろう》され、醜態を晒している今のほうが胸が苦しく、いたたまれない。

それにもう何度も達してしまった英理と違い、亜蘭のものはまだ硬いままで、英理の中で脈打っていた。

無意識に、そっと腹を押さえる。亜蘭が少々焦った様子で「どうした」と訊いてきた。

「腹が痛いか。それとも、苦しいか」

問われて、少々虚ろな状態で首を振る。

「いえ。……亜蘭様がいっぱいで、じんじんします」

吐息交じりに答え、自分の呂律《ろれつ》があまり回っていないことに気づいた。

いっぱいに広げられた結合部や、腹の奥に痺れたような感覚が滲んでいる。痛いのとも苦しいのとも違う。

「――優しくしてやりたいんだから、やめろ」

「え……?」

耳元で囁かれた言葉が上手く聞き取れずにいると、亜蘭の指がまるで猫の仔にするように、顎の下を擽ってきた。

されるがままになりながら力なくもたれかかる英理の服を、亜蘭が脱がしてくれる。

彼の手が背中に触れた瞬間に強い痛みが走り、英理は息を詰めた。

亜蘭の手が、途中でぴたりと止まる。

「……亜蘭様……?」

どうかされましたか、と訊ねようとした瞬間、亜蘭は英理の腰を掴み、まだ入ったままだったものを膂力《りょりょく》だけで一気に引き抜いた。

「――っ、?」

不意打ちの衝撃に、一瞬なにが起きたかわからず、英理は目を瞬く。

状況を把握できずにいる英理の体を、亜蘭はなにも言わず裏返した。腰の上に、熱い掌が置かれる。

「……くそっ」

ぽつりと落ちた悪態とともに、背中の皮膚に柔らかなものが触れた。口づけられていると察したのは、微かに歯を立てられたからだ。

腰を引っ張られ、尻だけを高く上げる格好を取らされる。それを恥ずかしいと思っている暇なく、まだ濡れて綻んでいる場所に亜蘭のものを打ち付けられた。

本能的に逃げを打った体を引き戻され、両肩を上から押さえ込まれる。

「あっ……」

膚と膚がぶつかる音や、寝台の軋む音がやけに大きく聞こえる。

「あっ、あっ、あ……っ」

先程までとは亜蘭のものが当たる角度が違うせいか、与えられる感覚も違った。弱い部分を何度も強めに抉られ、一突きごとに強烈な快感が襲ってきてあられもなく喘いでしまう。羞恥を覚える余裕も、一瞬で霧散してしまった。

「あう、っう、あ」

「っ……、英理……英理っ」

覆いかぶさるように上から押さえ込まれ、亜蘭の腕の中に閉じ込められたまま、ほんの僅かな身動きも取れず何度も激しく突き上げられた。

首と肩の付け根に強い痛みを感じた瞬間、「あ」と嬌声を上げて英理は硬直する。膚を嚙まれて痛いはずなのに、体がぞくぞく震えて止まらない。

そのまま激しく体を貪《むさぼ》られ続け、声もなく喘ぐ。

「……っ」

敷布を強く摑む英理の膚にきつく歯を立てたまま、やがて亜蘭が息を詰めた。

覆い被さっていた筋肉質な体が強張った瞬間に、目の前が真っ白になる。

「――……っ」

気を失っていたことに気づいたのは、瞼を開いたときに体勢が変わっていたからだ。亜蘭の膝の上で横抱きにされていた。

顔を覗き込んでいた瞳と目が合い、亜蘭がほっと息を吐く。

「すまない、大丈夫か英理」

「……は、い」

頷いて、自分の体がまだ甘く痺れていることを知る。指先さえ上手く動かせない。英理は小さく息を吐く。

微かに身動きをしたら、まだ閉じていない場所からとろりと体液が零れる気配があった。記憶にはないけれど、亜蘭は英理の中で果ててくれたようだ。

その瞬間をちゃんと覚えていたかったなと、少し残念に思う。

ちらりと亜蘭をうかがえば、彼はひどく悲しげな顔をしていた。全身を包む倦怠感《けんたいかん》に幸せを感じ始めていた英理は、戸惑いながら「亜蘭様」と呼ぶ。

「何故、そんなお顔をなさるのです」

「……俺は、自分を冷静な人間だと思っていたんだが」

突然なんの話だろうと内心首を捻りながら、黙って先を促す。

「お前に関しては、ままならない。……今度こそ大事にするつもりだったのに、結局我を忘れてお前に負担を強いた」

すまん、と亜蘭がその美しい顔を顰める。

英理は目を丸くし、笑った。

「そんなこと。俺は、亜蘭様にならなにをされても」

「っ、だから！　……お前がそうだから、俺は」

遮るように言って、亜蘭は嘆息する。

「……大事にさせてくれ」

本当になにをされても構わないのに、乞《こ》うように言われて赤面する。頬を赤らめた英理を見て、亜蘭はやっと笑ってくれた。

亜蘭が腕の位置をほんの少しずらしたとき、背中に走った痛みに息を呑む。

「すまない、痛むか」

「っ、いいえ、大丈夫です。もう治りかけていますから。それに、殆ど痛くないんです」

その言葉に嘘はなく、治りかけの火傷は化膿した皮膚との境目が時折引き攣れるように痛むだけだ。

だが亜蘭は痛ましげな表情をして「灼かれた箇所が痛くないのは、神経が焼けているからだ」と教えてくれた。

「お前は無事だと思っていた。だから、あの夜は安心して……俺が、もっと早く正気になっていれば」

悔しげな呟きに、英理は目を瞬く。

あの夜、というのは初めて抱かれた晩のことだろう。あれは、英理が知られなくていいと思っていたし、そのように振る舞ったのだ。

「無事、でしたよ。俺はなにも」

「無事なものか！　こんなものをお前に……！」

十字に灼かれた烙印に、亜蘭が歯噛みする。そんなに気にしなくてもいいことなのにと、苦笑が漏れた。

「平気です。体のあちこちに黥が入っていますし、今更烙印が増えたところで――」

「同じなわけがないだろう。全然違う」

はっきりと否定した亜蘭に、英理は瞠目する。

英理を抱いていたときや普段の荒々しさが嘘のように、優しく頬に触れてくれた。

「黥はお前たちの矜持だが、烙印は汚辱だろう」

全然違う、と亜蘭が再度重ねる。

「……悪かった、本当に」

いつも、黥を見せても亜蘭はさして興味がないようだった。

英理たちにとっては誇らしいものだし、あって当然のものなのだが、遠回しに、時に直截《ちよくさい》に「ないほうがいい」と言われることもあった。気のないふうに返していたけれど、いつも少々落胆していたのだ。

ちゃんとわかってくれていた。英理の気持ちを、知ってくれていた。その事実に胸が震える。

けれど、そんな英理を見て亜蘭は何故か不満げな顔をした。

「それに、俺は黥だから、仕方ないと思っていたんだ」

「……仕方ない、というのはどういうことですか？」

不服そうな科白の意味がわからず問うと、亜蘭は英理の首の付け根を撫でる。強く噛まれたところに走った鈍い痛みに、思わず息を呑んだ。

「他の男が英理の膚を見て、触れて、傷を付けるのは至極気に食わん。だが、それが職人の文化で矜持だというから、許容していたんだ」

「ええと……」

確かに、彼に噛まれたところには黥が施してある。

「俺でさえ今までお前に傷なんて付けてこなかったのに、黥と猛禽と俺以外にこの膚に傷を負わせた事実に我慢がならない」

一体どういう主張なのかと、唖然とする。

嫉妬《しつと》と表現すべきかわからない感情で、先程は我を忘れて英理の体を責め立ててしまったのだと吐露されるが、それはそれでどう反応したらいいのかわからない。

「その原因の一端が俺にあるなんて、俺は一体どこにこの憤懣《ふんまん》をぶつければいいんだ」

苛立ちも顕に亜蘭が歯噛みする。ふざけているわけではなく、どうやら本気で言っているらしい。

英理は思案し、「亜蘭様」と呼びかける。

「ならば、それは俺にぶつけてください」

英理の申し出に、亜蘭は大きく目を瞠った。

「だから……あまり、そういうことを言うなと言っただろう。優しくすると言っておきながら我を忘れて無体を強いた俺が言うことではないが」

反省交じりの叱責をした亜蘭に、小さく笑って頭を振る。

「このことばかりじゃなくて、なにか不満があれば俺に。……あなたに助けていただいた俺の命は、あなたのものですから」

振り返れば、子供の頃に平民が見ることも許されぬ宝剣に触れたときから、英理は亜蘭に赦してもらい続けていた。

勝手に猛禽を育てていたときも、今回の件も。

「なにをされても構わないんです、亜蘭様にならば。……命も、惜しくない」

「……馬鹿なことを言うなよ」

ぼそりと呟いて、亜蘭は英理の痩躯を抱き竦める。苦しいくらいの力で、けれど安心感があって、英理は自然と笑っていた。

「そういう考えがあるなら、今後絶対に、俺以外の男に傷を付けさせるな。無体を許すな、俺にさえもだ」

英理を抱く亜蘭の腕の力がますます強くなる。

「お前は、俺のものなんだろうが。ならばお前は自分のことを大事にしろ。俺のために、自分を大事にしろ。俺のものを粗末に扱ったら、絶対に赦さない」

烙印を押された日に、愚かな自分が取ろうとした行動のことを、有理づてに聞いたのだろうか。

あのときのことは有理にも明確に肯定はしなかったが、あのまま死んでしまわなくてよかったと、初めて心から思う。

はい、と小さく返して、英理は亜蘭を抱き返した。

「昊、来い！」

指笛を鳴らして亜蘭が昊を呼ぶ。大きな翼を羽ばたかせて、昊は亜蘭の腕に止まった。今度は亜蘭も、きちんと手甲をつけている。

「だいぶ慣れてきましたね」

「だろう？」

亜蘭は得意げに笑い、水禽の肉を昊の口元に運ぶ。もりもりと褒美を食べる昊を見ながら、亜蘭が大きな溜息を吐いた。

「退屈だな」

訓練に飽きてしまったのかと思い、昊を引き取ろうとすると「そうじゃない」と否定される。

「このところ、戦もなにもなくて退屈だ、と思ってな」

「いいことじゃないですか」

「なんか大きな戦でも起こらんかな」

抜けるような青空の下で物騒なことを言う亜蘭に、英理は苦笑する。

幸か不幸か、亜蘭が倒れた日から「大きな戦」は仕掛けられていない。鬼神が倒れたと噂で聞きつけて今が攻め時だと挑んできた国はあったそうなのだが、鬼神とともに日々鍛えられていた兵士たちがあっさりと返り討ちにしたそうだ。

欲求不満の発散の場を奪われたことに亜蘭は不服そうにしているけれど、平和な日々が続いている。

「——兄さーん！」

遠くから蹄の音が近づいてくる。黒馬に二人乗りで現れたのは、数日ぶりに会う弟の有理と王子の凰炎だ。

王族と下臣とは思えないほど睦まじく密着している二人に、公衆の面前でお前たち、と引き攣りそうになりながらも、苦心してなんとか小言を呑み込む。自分たちも人のことは言えないかもしれないからだ。

先に馬を下りた凰炎が手を貸して有理を下ろした。どちらが主従かわからないなと英理は苦笑する。

馬を下りた有理は亜蘭にぺこりと頭を下げてから、鳥籠を英理に手渡した。

「はい。こちらがご要望のものです。一番大きな雌をお持ちしました」

「ありがとう、悪かったな」

有理が持ってきてくれたのは、今年禽舎で孵《かえ》った鷹の雛だ。亜蘭が猛禽での狩りを本格的に始めることになったので、亜蘭専用の猛禽を雛から育てることにしたのだ。

子供の身長ほどの大きさになる狗鷲でもよかったが、山林を縫うように飛ぶことができ、速度と力のある鷹を亜蘭は選んだ。

「叔父上、少々よろしいですか。今度、我が領の軍備を整えるということになりまして」

「あ？　そうなのか。……まあ位置的に関所みたいになるか、あそこは」

話し始めた二人の邪魔をしないように、英理と有理は静かに距離を取る。

「どうです？　こちらの生活は」

出し抜けに含みを持たせて訊いてきた弟に、英理は嘆息する。

「どうもこうも、ここで生まれ育っていてなにも変わることはない」

「そんなことないでしょう。亜蘭様は本当にすごかったとうかがっていますよ」

一体なんのことかと首を傾げる。有理は「当事者なのに知らないんですか？」と瞠目した。

「凰炎様づてにおうかがいしましたが、兄さんと昊の誤解が解けたのは、割と早い段階だったそうですよ。亜蘭様があれほど弱るということは、蠱毒なのではないかと」

「そうなのか？」

有理がこくりと頷く。

「だからこそ、我々は早く牢から出してもらえたんです。あと凰炎様が働きかけてくださって、鳥飼いの移動も滞りなく進んで」

王と凰炎の執り成しもあり、英理たちの一族は正式に不問となった。けれど、その時点では完全に英理自身の疑いが晴れたわけではなく、昊によって傷がついたこと自体は事実だったので、英理のなんらかの処罰は免れないだろうと有理は凰炎から聞いていたそうだ。

なにより、亜蘭の意識が戻らない。

本来であれば即日首を落とされてもおかしくはない状況であったが、処罰まで数日の間があり、烙印で済んだのは、王や凰炎の計らいとともに亜蘭が譫言で何度も英理を呼んでいたから、という事情が加味されたらしい。

だが、英理を抱いて次に目を覚ましたときに、英理はとっくに城下からいなくなっていると聞いて亜蘭は王の御前にもかかわらず激憤したという。

「それで、『迎えに行く』と大暴れしたんだそうです。兄さんが、多少亜蘭様と懇意にしている相手だというのは皆知っていたけれど、それほどまでとは思わなかったみたいで」

「……それは、騒然としただろうな」

たかが職人一人が捨て置かれたところで普通は気にもとめないだろうに、それはいかにも特別扱いだ。

まして、他者に対しては無関心、ぞんざいに扱うことに定評のある亜蘭である。

「でもあの鬼神と呼ばれて恐れられている亜蘭様が、兵士一人に押さえ込まれてしまったそうで……それはご本人も驚いていらしたみたいですけど。それくらい今回は大変な毒だったみたいですよ」

解呪と解毒と治療に、一月《ひとつき》以上もかかるほどの重傷だった。まだ傷を負ったばかりの頃に無理をして英理と関係を持ったことが余計長引かせたような気もして、今更ながらに不安になる。

「『英理になにかしたら絶対許さない』『迎えに行く』と病床ですごく唸っていたので、医師も薬師もすごく怖がっていたそうです」

「……だろうな」

「じゃあ迎えに行きますって言っても、『俺が行くと言っているだろう、殺すぞ』と睨むもので、手も足も出せなかったみたいです。そのうち、兄さんに烙印が押されたというのも亜蘭様が知るところとなり、また大暴れで」

阿鼻叫喚《あびきょうかん》であっただろう城内を想像し、英理は顔を引き攣らせた。


だが先触れもなにもなく、亜蘭本人が突然迎えに現れた経緯をこんなところでやっと知る。

もはや触らぬ神に祟《たた》りなしということで、英理や鳥飼いに直接連絡を取る者もいなかったのだろう。

「亜蘭様が馬に乗れるくらい快復されて、すぐに来られたんですよ。まだ本調子じゃないからと凰炎様や他の方が止めに入ったそうですけど、結局凰炎様以外振り切られてしまったそうで。元々その次の日から凰炎様はこちらに来る予定でしたから、俺は構わなかったのですけれど」

「……そうか」

特段生活で変わったことはない、と答えて弟がすぐに「そんなことないでしょう」とやけに明確に否定したのも頷けた。

今となってはもう、誰も気にする素振りを見せないが、周囲の人々が以前より妙に英理に対してよそよそしい理由がわかってしまう。

単に、うっすらと二人の関係が周知されたからだと思っていたが、うっすらどころの話ではない。合点がいった、と項垂れる。

薄々感づいてはいたが、新しく齎された情報に若干の目眩を覚えていると、話し合いの終わったらしい二人が並んでやってきた。

帰るぞ、と凰炎に呼ばれて、有理がはいと嬉しそうに笑う。

「では、俺たちは集落へ戻りますね」

「ああ、ありがとう。気をつけて。凰炎様も、くれぐれもお気をつけてお戻りください」

「うむ。息災で」

じゃあ、と手を振って弟たちは去っていく。忙しない様子に、英理と亜蘭はやれやれと息を吐いた。

「弟が、亜蘭様の猛禽を持ってまいりました。今年の雛は大きく健康で、すごくいい個体です。きっと強くなります」

「ああ。育成のほうは頼んだぞ」

「はい、お任せください」

鳥飼いから分離し、猛禽のみの飼育・養育を目的とした集落は「鷹養部《たかかいべ》」と名付けられ、その土地の領主として凰炎がおさまった。

凰炎が領主となることは以前から内々には決まっていたらしく、有理が想い人と離れ離れになっていたにもかかわらずやけに泰然《たいぜん》としていたのも、それが原因だったようだ。

「それにしても、陛下がよくお許しになられましたよね」

それを言っただけで、亜蘭にはなんのことかわかったらしい。おかしげに笑う。

幼い頃から溺愛《できあい》し続けていた王子がさほど遠くないとはいえ離れた場所で暮らすというのは、下臣にとっては驚くべき事態だ。

王子本人の強い希望があったといっても、王が許可したことは意外だと、市井《しせい》にも思われている。

「とことん凰炎に甘くて弱いんだよ、あの方は。本当は凰炎を手放したくないし傍にいて欲しい。だが呪いの解けたあいつを傍に置いておくと後継者争いに巻き込まれる可能性もあって身の危険もあるし、っていうんで結局要求を丸呑みしたんだろ」

都落ちともいえる「職業集団の集落の領主」となったのは、王の後継者候補から大きく外れたと知らしめるのに一役買っている。つまり、彼は対抗勢力から狙われる確率が著しく下がったということだ。

「いくら呪われて瑕疵のついた王子だといっても、王の溺愛ぶりは疑心暗鬼にさせるからな」

その代わりに頻繁に顔を見せるようにという条件付きのようだが、凰炎に不満はないようだ。度々有理を連れて城下へとやってくる。

二人にとっては小旅行でもあり、偶《たま》さかの逢瀬《おうせ》にも一役買っているのかもしれない。


「……でも、お許しになれることと、そうでないことがありますよね」

呟いたのは、自分の不安の現れでもあった。言ってしまってから、詮のないことを口にしたと愕然とする。

「あ、俺この雛を禽舎に」

努めて明るく話題を転換しようとしたら、ぐいと肩を引き寄せられた。鳥籠を落としそうになり、慌てて持ち直す。

亜蘭は、怒っているような笑っているような、器用な表情を作っていた。

「……あいつらのことはまあどうでもいいが、俺は自分のものを粗末に扱う気はない。前に言ってやったのを忘れたか」

「え、と」

「益体《やくたい》もない不安など抱くな。……俺にはお前だけだ。女と子を生すこともない」

まさに己の抱いていた不安をはっきりと否定され、英理は息を呑む。他に誰か聞いてはいないかと周囲を見渡すと、亜蘭は気にする様子もなく更に密着するように抱き寄せてきた。

「お前が心配しているのはそのことだろう?」

「亜蘭様……」

「なんのために、俺が普段から大暴れをしていると思っている」

それは性格の問題ではと思ったのが顔に出たか、亜蘭は右目を眇め、英理の唇を奪った。

「んん……!」

こんな屋外でなにをと抵抗しようにも、両手は鳥籠で塞がっている。亜蘭は無抵抗なのをいいことに、貪るように口づけてきた。

唇を割って、舌が搦め捕られる。昨夜も蕩かされるほど愛された記憶が蘇り、膚が震えた。

「――王位の継承者問題と同じだ」

そう言って、亜蘭が濡れた英理の唇を指で拭う。

「俺が子供を作ったほうが、王族にとっては後々不都合だろう」

「そんなこと……!」

即座に否定する英理に、亜蘭は「お前は誰の恋人のつもりだ」と苦笑する。

「そんなこと、大いにあるんだよ。それに考えても見ろ。一騎当千の俺が子を沢山生して、万が一、子らに俺の性格と能力が備わっていたら、どう思う」

それは大変に心強いのでは、と言いかけ、はたと気づく。

外敵に対して大暴れをしているうちはまだいいが、それが内部に向いたらどうなるか。いつまでも戦が起こっているとは限らないし、平和な世の中で「大きな戦が起こらないものか」などと呟く男が何人もいたら。

他者の諫言《かんげん》も素直に聞き入れる人柄ではない。気に食わなければ文字通り斬り捨てるのも厭《いと》わぬ人物だ。

「それは……ちょっと、怖いですね」

「内戦が勃発して、国を乗っ取られそうだろう？　乗っ取った後にも兄弟同士で潰し合って国ごと消えそうだしな」

　はっきりと物騒なことを言い、俺はしないけど、と亜蘭は呵々と笑う。笑っていいものかわからなかったが、英理も若干引き攣りながら口角を上げておいた。

　恐らく王を支持している多くの下臣や穏健派は、亜蘭の言うとおり、下手に子を生されるより独り身でいてくれたほうが平和だ、と感じているのかもしれない。

「俺が一人しかおらず、兄上――王を敬愛していて、そしてお前を愛しているからこその天下泰平、というわけだ。藪をつついて蛇を出すことはあるまい？」

　笑顔の言葉に、愛する男ではあるのだけれど背筋がぞくりとする。

　彼の意思を無視して話を進めれば、本人手ずから、目に物見せるつもりなのだろう。

　恐らく、子供の頃から亜蘭を次期王にと推薦する声はあった。そして、庶民の自分にはわからないことだけれど、そういう派閥が未だにあるに違いない。亜蘭一人でも勿論だが、恐らく子ができればそういう一派が明確に顔を出す。

　一見ただ粗暴にも思える亜蘭の言動や、一介の職人でしかない庶民の男を寵愛する姿を晒すのは、周囲に対する牽制《けんせい》でもあるのだろう。

　この鬼神を怒らせてまで嫁を取らせようだとか、王位を簒奪《さんだつ》させようだとか、そんな計画を立てる命知らずはいない。

「――だから、俺は娶りもしないし、子も生さない」

　安心したか、と笑いかけられ、英理は曖昧に微笑んだ。

「俺も、生涯誰とも婚姻はしないし、子は生しません」

英理の言葉に、亜蘭の表情が強張った。

英理の背には、烙印が押されている。亜蘭に連れ戻され、再び城下で鳥飼いとして日々を過ごしているが、以前とまったく同じ状況に戻ったわけではない。

烙印のある者――咎人は、家長にはなれない。そして家庭を作ることも許されず、生涯独身のまま死ぬ。もし冤罪《えんざい》だったとしても、それは撤回されない決まりだ。そして、亜蘭は納得いっていないようだが、英理はまるっきり冤罪というわけではないので妥当な処遇ではあった。

亜蘭が悪いわけではないし、亜蘭と生きていくと決めているので、それは大した問題ではない。けれど、英理よりも亜蘭のほうがずっと、そのことを気にしている。もう、罪悪感を覚えないで欲しい。

そっと手を伸ばし、亜蘭の頬に触れる。

「そんな顔、なさらないでください。後悔なんてしていないし、生涯ずっと、しませんから」

亜蘭に知っていて欲しかった。そのことを後悔していないと、自分のすべては死ぬまで亜蘭のものなのだと。

「英理」

「俺はあなたのもので、……大事に、してくださるんでしょう?」

なにげなく、さらりと言おうと思っていたのに、赤面してしまった。

対面の亜蘭に肩を摑まれて、再び唇を奪われた。

今度は籠を落としてしまい、雛が抗議するようにピィ、と鳴いた。

火水のふたり

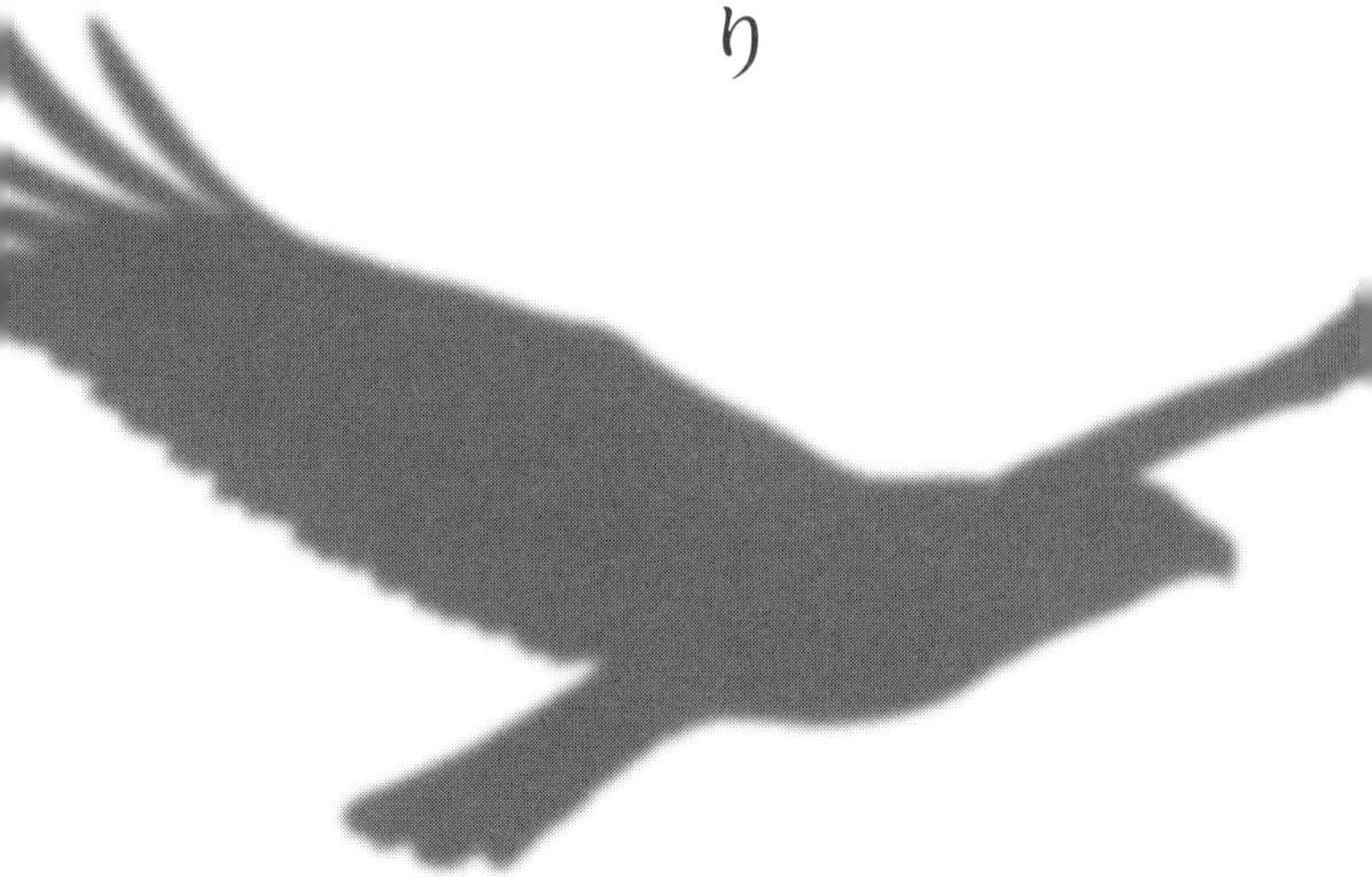

「有理《ゆうり》、酒だ！　酒を持ってこい！」

がっはっはと笑いながら兵長に命令され、酌に回っていた有理は少々うんざりしながらも笑顔で「はい」と頷《うなず》いた。

戦《いくさ》に勝った日の男たちは大抵横柄《おうへい》で、けれど機嫌が良いだけまだマシだろうなと思う。

野営のついでのような酒宴は屋外だというのに大声を張らねば隣の人物と話をするのもままならぬほどやかましい。火を囲み、飲み食いし、武勲《ぶくん》を立てた男を持て囃す。

「――っ、」

酒の入った瓮《かめ》を置くのと同時に、隣に座っていた男に尻を撫《な》でられて息を呑《の》む。睨《にら》みつけたが、相手はどこ吹く風で有理の小さな尻を片手で摑《つか》んだ。舐《な》めるような視線を向けられて、思わず眉を寄せる。

「なあ、有理」

「……俺、そういうお役目じゃないのでやめてください！」

男の不躾《ぶしつけ》な手をぱちんと叩《たた》くと、男は「いてぇな」と言いながらも脂下《やにさ》がっていた。周囲が「ふられてやんの」と揶揄《からか》って笑う。

その渦中にいるのも嫌で、有理はさっと立ち上がり、庫《くら》のほうへと逃げた。

――……くそっ。だから兵士の祝勝会になんて参加するのは嫌なんだ。

戦帰りで高揚しているのか、兵士には非戦闘員である有理のような男を商売女と同じように扱ってくる者が多い。普段は「男のくせに戦にも参加しない」と侮《あなど》るくせに、酒が入れば細い体を撫でまわしながら抱かせろと笑い迫ってくる。

特に、有理と兄の英理《えいり》は線が細く中性的な顔をしているせいか、こうして揶揄われることが多い。兄は「いちいち怒るから余計に面白がられるんだ」と言うが、我慢ならない。

――馬鹿にして。祝勝会でごちそうが食べられるのは、誰のおかげだと思ってるんだ。鳥飼《とりか》いの俺たちや猪飼《いか》いのやつらが食肉を作ったり、小麦を作ったりしているからじゃないか。

有理の家は、代々「鳥飼い」と呼ばれる職業集団の集落の出身だ。鳥類の飼育や養育、捕獲、王への献上などが主な役割で、その合間に農業をこなす。

鳥飼いはこの国においては、農耕馬や兵馬の飼育や養育を担当する馬飼《うまか》いとともに重用されている。それはこの国が鳥を大切にし、王家の紋章なども猛禽を模したものとなっているからだ。

そして、猛禽を飼い馴らすことは富の象徴でもある。この国では鷹《たか》、狗鷲《いぬわし》、鶻《はやぶさ》、鷂《はいたか》などの昼行性猛禽類が飼育されていた。

猛禽以外は神聖視されているわけではないので、今日のような祝勝会の際には鳥料理はよく供される。

――……どこの国でも、こうなのかな。

数多《あまた》の国が集まっているこの大陸では、有理が生まれるよりもっと前から、大小様々な戦が頻繁《ひんぱん》に起こっている。

その中でも、自国の領土は広い。それはこの国の勝率の高さを示していた。故に、兵士たちは農民や商人、職人などよりも花形の職業であるといえる。

――他の国では、鳥飼いは賤民《せんみん》や罪人に任せたりするっていうし……その価値観を持ち込まれたら本当に嫌だな。

戦に勝つと、領土が広がり人も増える。ただでさえこうして侮られているのに、他国民が増えればますます見下されそうだ。

酒宴の喧騒を逃れて小さく息を吐き、酒庫に足を踏み入れる。不意に、中から物音がした。

「ん……？」

倉庫番だろうかと思いながら覗《のぞ》き込み、目を瞠《みは》る。

酒庫の中にいたのは、大きな鵠《くぐい》だった。

鵠は渡り鳥で、闇の中にうっすらと浮かぶ美しい白い羽を持ち猛禽ではないが、瑞兆《ずいちょう》を表す生き物として神聖視されている。

平素、冬支度を終える頃に畔で目にする鳥なので、この時期に見るのは珍しい。群れからはぐれてしまったのかもしれない、と思いながら、そうっと距離を取る。

保護するべきか兄に相談しようかと思案し、逸《そ》らしていた視線をもう一度鵠に向けると、既《すで》に姿を消していた。

——いつのまにいなくなったんだろう。

肩透かしを食らった気分であったが、まあいいか、と口元を綻《ほころ》ばせる。

縁起物を見たのでなにかいいことがあるかもしれないと、先程尻を触られて塞《ふさ》いでいた気分がほんの少し高揚した。

待たせるとうるさいので、さっさと酒を持っていこうと奥へ入ると、今度は隣の穀物庫のほうから物音がする。

鵠があちらへ移動したのだろうかと、有理は瓷を持ったまま穀物庫を覗き込んだ。けれど、そこに真っ白な鳥の姿はない。

首を傾《かし》げ、中へ入る。ふと、血の匂《にお》いがした。

「——騒ぐな！」

「っ……！」

物陰から飛び出してきた男に口を塞がれ、床に押し倒される。手に持っていた瓷が大きな音を立てて割れた。

——なに⁉　誰だ⁉

息を乱しながら伸《の》し掛かってくる男を見上げる。見覚えのない男だ。有理の口を掌《てのひら》で覆い、喉元《のどもと》にひたと小刀を当ててくる。

「いいか、騒ぐなよ」

言葉の訛《なま》りが、この地域のものとは違う。恐らく他国の者で間違いない。そして、闇に潜んでいたもうひとつの気配がある。視線を流してみると、食糧を大きな袋に詰め込んでいる男が見えた。

——こいつら、食糧を盗みに入ったのか……！

助けを呼びたかったが、口を覆われ、小刀を突きつけられていなくても、情けないことに恐怖心で声が出なかった。

こいつらが逃げ出してから助けを呼んで間に合うだろうか、と算段していたら、ふと、馬乗りになっている男が顔を近づけてきた。

その目に、ゆらりと不快な炎が灯る。ぞわっと背筋が震えた。

「おい、ちょっと待ってろよ」

男は仲間にそう声をかけると、有理の服を乱暴に引っ張った。ぶつんと糸の切れる音がして、釦が飛ぶ。

一瞬、己の状況が理解できずに頭が真っ白になった。

「あー？　……お前、好きだな。その黥《いれずみ》、賤民だろ。よくそんなの相手にその気になれるな」

有理の首と鎖骨《さこつ》のあたりに入れられた黥を見て、男が鼻で笑う。

「馬鹿、こういうののほうが好き勝手できていいんだよ」

男は小刀を脇に置き、固まって動けない有理の下《した》穿《ば》きを無理矢理剝《は》ぎ取った。裸にされて、息を吞む。

「っ……！」

「勢い余って殺しちまっても、賤民なら敵さんも文句ねえだろ」

誰が賤民だ、と反論したいのに、首を絞められ、乱暴に脚を開かされて声も出せなかった。

——くそ、……くそっ！

男の荒い呼吸が近づいてきて、剝《む》き出しにされた下肢に男の硬いものが押し付けられて息を吞む。

——嫌だ、誰か……！

助けて、と心の中で叫ぶのと同時に、伸し掛かっていた男が突如横に吹っ飛んだ。

なにが起こったのか、状況がつかめない。恐らくそれは侵入者の二人も同様で、身動《みじろ》ぎもしないまま様子をうかがっているようだった。

ひとりの男が立っている。明るい月の逆光で、その男の顔は見えない。だが、ぬうっと聳《そび》えるような大きな体の持ち主だった。有理の上に乗っていた男は、眼前の彼に蹴り飛ばされたらしい。

呻いている男の頭を、彼はその大きな足で勢いよく踏んだ。ご、という床と打ち当たるような音のあと、小さな声を上げて男は動かなくなる。

「ひっ……うわあぁ……っ」

圧倒的な力の差に恐怖した仲間の男が袋を放り出して逃げようとする。けれどそれを許さず、彼は横方向に突き出した左腕を振って、男の喉元に叩きつけた。盗人の体がほんの少し浮き、床に打ちつけられる。

まるで小動物でも相手にしているかのように、男は容易《たやす》く盗人たちを捻《ひね》り潰《つぶ》した。

有理は、ただ呆然《ぼうぜん》とその姿を見上げる。息ひとつ乱さないまま、彼は有理を見下ろした。

「ぁ……」

ありがとうございます、と言いたいのに、声が出ない。もう首は絞められていないのに、まるで息が詰まったかのようで、有理は思わず喉元を押さえた。

怖かった、ただそれだけではない。悔しかった。抵抗できなかったのも、あんなふうに扱われることも。そんな自分が情けなくて、腹立たしかった。

「っ……」

涙が出そうになって、必死に堪《こら》える。息を止めていたら、頭上から小さく舌打ちが落ちてきた。

――え……。

震える肩が、あたたかなもので覆われる気配があ

った。反射的に顔を上げる。彼は自分の上着で、裸の有理を包んでくれたらしい。

呆《あき》れられたかと思っていたのに、意外な行動に目を瞬《しばたた》く。

先程の舌打ちは有理に対するものではなく、倒れている男たちの暴挙へのものだったのかもしれない。目線を合わせるようにしゃがみこんだ彼に心配そうな顔で覗き込まれ、気がついたら堪えていたはずの涙が両目からぼたぼたと零《こぼ》れていた。

滂沱《ぼうだ》の涙を流す有理に、先程まではまるで鬼のように強かった男がおろおろと焦《あせ》った様子を見せる。

逡巡《しゅんじゅん》した様子の後、彼は恐る恐る有理の肩に触れ、そして慰めるように抱きしめてくれた。

赤ん坊にするように、大きな掌がとんとんと優しく背中を叩いてくれる。広い胸のあたたかさとそこから伝わる心臓の音が優しくて再び涙腺が刺激されてしまい、必死に嗚咽《おえつ》を噛み殺した。


やがて騒ぎを聞きつけたらしく、人の集まってくる声が遠くから聞こえてくる。男は有理を抱いていた腕を解き、無言のまま穀物庫を立ち去った。

その人物が、自国の王子——凰炎《おうえん》だと知ったのは、翌日のことであった。


穀物庫に仕掛けた鼠《ねずみ》獲《と》りの罠籠《わなかご》を抱えて、有理は禽舎《きんしゃ》へと走る。

「兄さん」

禽舎の前で待っていた兄の英理が、顔を上げる。彼の腕に止まっていた猛禽——狗鷲の昊《こう》も同様に、有理へと顔を向けた。

「沢山《たくさん》獲れていたか？」

倉庫で捕らえた鼠は、禽舎で飼育している猛禽の餌になる。訓練が上手くいったときの褒美なので、蔵部《くらべ》の友人に頼んで専用の罠を仕掛けているのだ。

「昨晩騒ぎがあったせいか、今日はいつもより少なめです」

期待したようにこちらを見る檻《おり》の中の猛禽たちに苦笑しながら言えば、英理は表情を微《かす》かに曇らせた。

「昨夜は、大変だったな」

気遣う兄の言葉に、有理は曖昧《あいまい》に首を傾げた。

あのあと、騒ぎを聞きつけた兵士たちがやってきて、凰炎の一撃を食らって失神していた侵入者たちを締め上げていた。裸に剝かれ泣き腫《は》らした目をしていた有理を見て、兵士たちが皆まるで自分たちの恋人や愛人が手籠《てご》めにされたように怒りだしたので、ありがたいが少々複雑な気分を味わったが。

「俺、お礼をすることもできませんでした。まさか、あんなところに……凰炎様がいらっしゃるなんて、思いもよらなくて」

本来ならば礼節を弁《わきま》え、頭を下げるのが当然であったにも拘わらず、礼のひとつも言えなかった。それどころか胸に縋《すが》って慰《なぐさ》めてもらってしまった。けれど、王子に直接礼を言いに伺《うかが》えるような立場に有理はいない。

しゅんと落ち込む有理に、英理は小さく息を吐いた。

「確かに、目の前にいるのが殿下だなんて思いもよらないものな。……しかし、何故そのような場所にいらしたのか」

「それはわかりません。なにも仰《おつしや》っていただけなくて、とにかく不敬だとお怒りだったのかもしれません。助けていただいたのに、お礼も言わないなんて」

恐怖で固まっていたなんて言い訳だ。一言も声を発せられなかった後悔もあるが、これで不興を買って家が咎められたらどうしようという不安も大きい。

凰炎の腕は優しかったけれど、しがみついて泣いた自分を顧《かえり》みると後悔で地面に埋まってしまいたくなる。

戦々恐々《せんせんきょうきょう》としていたら、英理は意外そうな顔をした。

「お前……知らないのか？」

「なにがですか？」

「俺が言うことでもないけれど、お前はもう少し世事を知っておいたほうがいいと思う。……お怒りだったかどうかはわからないが、凰炎様がなにもお話しにならないのは、言葉そのものを発せられないからだ」

え、と有理は目を瞬く。英理が顔を近づけ、声を潜める。

「そのせいで、凰炎様は後継者候補からは幼い頃より外されているそうだ」

「そんな……そうなんですか？」

昨晩、倉庫で自分を助けてくれた凰炎の姿を思い浮かべる。

それなりに強さを誇っている自国の兵士にもあまりいないくらい、大きな体軀の持ち主だった。成人男性を腕ひとつで薙《な》ぎ払うほどの力もあった。一瞬だけ月光に照らされて見えた容貌《ようぼう》も、美しく精悍《せいかん》だったような気がする。有理とはなにもかも違っていた。

勿体《もったい》ない。そんな言葉が一番に浮かんでしまう。

「人より優れたものを沢山持っていらっしゃるのに、そんなの、勿体ないですね」

本人も、周囲も、きっと無念だろう。そんなふうに言うと、英理は呆れるように咎めるように、小さく嘆息した。その言葉がただ凰炎への同情だけでなく、羨望《せんぼう》の裏返しでもあるということくらい、兄にはお見通しなのだろう。

有理の背は同世代の女と同じほどで、筋力もあまりあるほうではなかった。容貌は美しいと持て囃されることもあったけれど、仕事をする上ではなんの役にも立たないし、酒の席ではあからさまに性的な対象として見られることも多い。それは、有理とそっくりだといわれる兄の英理も同様だ。

「他人を羨《うらや》んでもしょうがない」

「わかっています、それくらい」

仕方がないとは思いつつ、もう少し身長が高ければ、もう少し体重があれば、と考えてしまう場面は日々あった。

とはいえ有理の家系は代々鳥飼いとして仕えているため、どのような体軀に生まれつこうと鳥飼い以外にはなれない宿命にある。

「体格など、些末《さまつ》なことじゃないか。……特に、お前には誰より優れた特技があるだろう？」

兄の励《はげ》ましに、きゅっと唇《くちびる》を引き結ぶ。

なにか他にできること――侮られやすい自分が、鳥飼いが、皆を見返せる手段はないものか。子供の頃からそんな野望を抱いていた有理は、数年前から英理とともに新しく試していることがあった。

猛禽を雛《ひな》のうちから育てて慣れさせ、狩りや戦の手助けをさせるというものだ。

「お前には、俺や父さんたちよりも鳥を手懐ける才がある。あまり自分を卑下《ひげ》するな」

「はい、兄さん」

子供の頃から、ほんの少しの訓練をすればどんな鳥でも不思議と有理の言うことを聞いてくれる。

「可能性を認めてくださった亜蘭《あらん》様には感謝してもしきれませんね。本当に」

しみじみと言えば、英理は何故《なぜ》かぎこちなく「まあな」と肯定した。

狩りが行えるのでは、と思いついたのは飼育の得意な有理で、狩りの他に戦の際にも偵察や伝書などで使えるのではないかと考えを展開させたのは英理だ。

そんな子供の思いつきに許可を出してくれたのは、王の同母弟であり、凰炎の叔父にあたる亜蘭だった。

猛禽はこの国においては神聖なものであり、飼育し手懐けるということ自体が王の権力の象徴でもある。それ以外の目的で飼育されることは、以前まではなかった。

亜蘭の管轄で飼育を許された猛禽たちは最近やっと実戦投入されることとなり、それなりに結果を出している。にもかかわらず未だ尻を触られたり酌を要求される要員であったりすることに納得がいかない。

「……そういえば、最近亜蘭様のお姿を見かけませんが、遠くの戦場へ行かれているんですかね？」

昨晩の宴《うたげ》には、亜蘭の姿はなかった。彼は王弟ながら必ず戦功を上げるほどの猛将だ。この国が領土を広げている一因は、彼にあると言っていいだろう。

「知るか。何故俺に訊く」

不満げに言い返す兄に、有理はだって、という言葉を呑み込んだ。

――昔から、仲がいいから。ふたりは。

本来ならこんな場所で民と気軽に言葉を交わしていい身分の人物ではなかったが、鳥飼いが気に入っているらしく亜蘭は以前から度々顔を見せる。

彼は兄より八歳ほど年嵩《としかさ》で、ふたりは友人のように仲がよさそうに有理には見えた。

亜蘭は鳥飼いそのものというよりは、有理たち兄弟をやたらと気にかけてくれている。内緒で猛禽を育てていることを知られてしまってから、物珍しいとますます面白がっていた。

亜蘭は甥である凰炎には届かないものの長身で、容貌も非常に華やかで整っているので庶民の女たちの間で話題に上ることが多い。

それでも周囲に女が寄り付きにくいのは、彼が非常に好戦的な性格であることが理由として挙げられるだろう。美しい見た目に反して怪力、豪傑《ごうけつ》で、先《さき》達《だつ》ての戦にも出向いてその日のうちに大将首をあげたという。剛力と呼ばれるほど力が強いのは、血筋によるものなのかもしれない。

――なんでか、兄さんは亜蘭様と「仲がいい」と言うと否定するんだよなぁ。変なの。

あまり追及すると怒られそうなので、有理は黙って禽舎の奥から手甲《てこう》を持ってきて腕につける。そうして、英理の腕から自らの腕へと昊を移らせた。

昊は喉を鳴らしながら、ちょんちょんと移動する。

「俺にも慣れてはきたが、まだまだお前には敵《かな》わないな。辛うじて昊だけがこうして腕に止まってはくれるが、言うことはまったく聞いてくれない」

やれやれと、英理は肩を竦《すく》めた。昊は昔、兄が成人祝いとして亜蘭から直々に下賜されたものなので、少し悔しそうだ。

「言うことを聞かせる、と思っては駄目なんですよ。猛禽の気持ちを聞かないと」

「だから、それができれば苦労はしないんだ。……見せてくれよ、有理」

兄に促され、有理は腕に止まる昊に「いいかな？」と訊く。いいよ、と言うような視線を受けて、腕を振り上げるようにしながら昊を空へ放った。

高く舞い上がった昊は、指笛を吹くとすぐに戻ってきた。よしよし、と褒めながら褒美の餌《えさ》をやる。

それを見ていた英理が、突如膝《ひざ》をついた。何事かと振り返り、英理に「凰炎様だ」と言われて目を瞠る。

――凰炎様!?

いつのまにそこに立っていたのか、供もつけぬ凰炎の姿が禽舎の向こう側にある。切れ長の目を向けられて、有理は硬直した。

慌《あわ》てて兄に倣《なら》って膝をつく。ほんの少しの間を置いて土を踏む音が近づいてきた。

足音は、すぐ近くで止まる。冷や汗をかいていると、肩を軽く叩かれた。同様に、凰炎は英理の肩にも触れる。

面《おもて》を上げた兄弟に、凰炎は無表情のまま頭を振った。

——膝を折らずともよい、ということなのだろうか。

英理と視線を交わし、おずおずと立ち上がる。すると、凰炎は首肯《しゅこう》した。間違っていなかったようだと胸を撫で下ろす。

——こんなお方なのか……。

昨日は暗闇でよくわからなかったが、艶《あで》やかで癖のない栗毛の髪と、吸い込まれそうな淡褐色《たんかっしょく》の瞳が印象的な美丈夫《びじょうぶ》だ。血縁者だけあって叔父の亜蘭と面差しが似ているが、彼よりも優しげな顔をしているので、この体格にしてはあまり威圧感がない。

凰炎は有理の顔を、ただじっと見つめていた。口が利けないというのでは仕方がないとはいえ、無言のまま凝視され続ける居心地の悪さに、思わず助けを求めるように兄を横目でうかがう。

凰炎の視線がふと外れ、昊へと移った。見知らぬ人間相手に、昊が若干警戒したような様子を見せる。

「あの、昨夜は危ないところを助けていただき、ありがとうございました！」

どうにか双方の意識を逸らそうと、有理は昨晩の事件の礼を口にした。

凰炎は昊に向けていた視線をこちらへ寄越す。それから、なんとも言いようのない顔をした。

その意図がわからずに首を傾げ、有理は礼を重ねる。

「本来であれば、身を挺《てい》するのは下臣の役目。畏《おそ》れ多くもこの身を殿下に助けていただけて、大変感謝しております。お陰で、貴重な食糧も奪われずに済みました」

心からの感謝とともに笑む。凰炎は、ぎこちなく頬を強張らせ、目を逸らした。

「昨夜の殿下は本当にお強くて、感激しました！　それに比べ、非力な自分を情けなく思います」

勿体ない、と思ったことは胸の内に秘めて、ただ感嘆を口にする。昨日礼等々を言いそびれたこともあり、一度喋《しゃべ》りだしたら止まらなくなってしまった。

「神話に出てくる、力の神のようでした。いえ、俺にとってはそれ以上の……――」

俄《にわか》に口を塞がれ、有理は目を白黒させる。凰炎は眉根を寄せ、有理の口にその大きな掌を押し当てていた。

驚いて身を強張らせたのと同時に凰炎の掌に唇を押し当ててしまい、互いに体を引いてしまう。

「――」

凰炎は顔を逸らし、もういい、と言うように手を振った。その首や頬が、ほんのり赤くなっている。

――……照れていらっしゃる？

王族と関わる家業ではあるが、家長でもない限りはおいそれと王族と見《まみ》えることはない。亜蘭が特別、民との距離が近いだけだ。だから、他の民と同様に王族というのは雲の上の遠い存在で、自分たちとはどこか違う人々なのだと思っていた。

まさか照れて頬を赤らめるとは思いもよらず、距離感も相俟《あいま》って急に身近に感じてしまい、有理はつい笑みを零してしまう。凰炎はばつの悪そうな顔をこちらへ向けた。

厚みのある、形の良い唇がゆっくりと動く。

大事は、ないか。

一音一音、はっきりと区切るように彼の口が言葉を形作る。なんだかそれに感激してしまって、胸にこみ上げてくるものがあった。

「はい！　凰炎様のお陰です」

そうか、というように頷き、凰炎は有理の頬に触れた。

——えっ……⁉

まさか改めて触れられるとは思わず、体が固まる。柔らかく優しい掌の感触に、どぎまぎしてしまった。

——兵士もたまにふざけて俺に触るけど、でも、全然違う。全然、嫌な感じがしない。

比べるのも失礼な気がするのだが、凰炎の手はなにもかもが違う気がする。

どう反応すべきかもわからずただ見上げていると、凰炎がはっとしたようにすぐに手を引いた。

そして、彼はなにかの言い訳を探すように有理の腕に止まったままの昊に手を伸ばす。

「——！」

猛禽は慣れていない相手に触れられると威嚇《いかく》をする。怪我をさせてはならないと、有理は咄嗟に後退《あとずさ》った。

逃げられて、凰炎の瞳が傷ついたように曇る。

「殿下、なりません。怪我をされます」

すぐにそう執り成《とな》したのは、黙ってずっと控えていた英理だ。有理も慌てて頷く。

「まだ人馴れをしていない猛禽は、非常に攻撃的です。ご無事でしょうか」

悪意を持って触れさせないのではなく、その高貴な身に傷を負わせないためにはしようのないことなのだ。王族の体に傷などつけようものなら、一族郎党、首を刎《は》ねられてもおかしくない。

凰炎は納得したように首肯し、じっと有理を見ていた。もう少し昊を見ていたいと言っているようで、どうしたものかと逡巡し、有理は英理を縋るように見る。

英理は微かに目を伏せて、有理の背に触れた。

「——では、俺たちはここで失礼いたします」

英理は凰炎の返事も待たずに頭を下げ、昊を禽舎へ戻すと矢庭《やにわ》に有理の腕を引いた。

残念そうな顔をするも、口が利けない王子は二人を呼び止めることをしない。禽舎の前に立つ凰炎を何度も振り返りながら、有理は英理に引かれるままついていく。

「兄さん」

有理の咎めるような声を察して、早足のまま英理が窘める。

「凰炎様とは、関わり合ってはならない」

「ですが」

後ろ髪を引かれるような、胸の痛むような心地がする。けれど、英理はばっさりと切り捨てる。

「助けていただいたお礼は申し上げた。もう十分だろう」

確かに兄の言うとおりだ。けれど、どうしてか心に引っかかる。

言葉を交わすことはできないが、もう少し話していたかったような気がするのだ。

「でも凰炎様は俺たちになにか用があったんじゃ」

「用とは？」

「それは、わからないですが」

禽舎に用事がある者など、鳥飼いの者たちや役人くらいしかいない。そこに王族が現れた例はないのだ。ならば用があると考えるのが自然ではないだろうか。

それに、なにか言いたげな目をしていた。

ぴたりと足を止め、英理が振り返る。

「――いいか。亜蘭様とは違う。粗相があれば、あっさりと命を失うんだ。平民が容易に関わってよい相手ではない」

「それはわかっています。でも」

「わかっているならいい。凰炎様は、特に陛下の寵《ちょう》愛《あい》を受けておられる。振る舞いを誤れば、即座に首を刎ねられる相手だというのを忘れるなよ」

遮《さえぎ》るように言われ、やけに頑《かたく》なな物言いだとは思ったけれど反駁《はんぱく》のしようがなくて、有理はぎこちなく頷いた。

そっと振り返ると、凰炎は禽舎の前にまだ佇《たたず》んでいた。中を覗き込んでいるだけかもしれないが、項《うな》垂《だ》れているようにも見える。そして、先程までは気がつかなかったが、あちこちに護衛だと思われる下臣の姿があった。

「有理、行くぞ」

呼ばれて、有理は慌てて兄を追いかける。

王子と関わったことは忘れろと、その夜も噛んで含めるように言いつけられた。

けれど、あんなに逞《たくま》しく強い王子のどこか寂しげな姿は、夜になっても有理の胸にいつまでも残ったのだった。


王族とは安易に関わり合ってはならない。

それに、取るに足らない平民のことなど、すぐに忘れてしまうに違いない。

そんな兄の言葉とは裏腹に、凰炎は度々有理の前に現れた。

現れたとはいっても、彼はただ、有理を遠くからじっと見ているだけだ。傍《そば》に寄るわけでもなく、その仕事ぶりをじっと見つめている。そうして日がな一日禽舎での有理の仕事を観察し、仕事終わりに猛禽の訓練をする有理を見届けた後、城へと帰っていくのだ。

当初は姿が見える度に膝をついていた有理だったが、幾度目かに非常に煩わしそうにされたため、以降は会釈《えしゃく》をするにとどめている。そして当初は沢山控えていた彼の護衛たちも、日に日に少なくなっていた。

——なにか、言いたいことでもあるのだろうか。

一日中誰かに見張られているというのは、非常に落ち着かない。いずれ慣れるかと思ったけれど、あの鋭い瞳から向けられる視線は、いつも有理を落ち着かなくさせる。

そんな日々を過ごして幾日目か、有理は昊の訓練をしている最中に思い切って声をかけてみた。

「凰炎様」

本来目下の者、それも直属の下臣でもない者から話しかけるなど許されることではないが、凰炎は咎めるような表情は見せない。

「よろしければ、こちらへおいでになりませんか」

よいのか？　というように首を傾げる姿が少し可愛らしく見えてくる。

「勿論です」

有理より頭ひとつ分以上背の高い凰炎は、ほんの少し屈《かが》むようにして有理の腕に止まる昊を興味深そうに眺めた。

猛禽は獲物と判断したものをずっと追い続ける気性を持つ。凰炎を獲物と判断されると厄介なのであまり近づけないようにと腕を引いた。

翼の付け根に触れ、羽をさすってやる。昊はうっとりと目を閉じ、ふくふくと胸を膨《ふく》らませた。

使役する猛禽は緊張しやすい繊細な生き物である。体を撫でながら翼の様子を確認し、寛《くつろ》がせることも大事なのだ。

よしよし、と昊に声をかけると、傍らの凰炎も撫でられた猛禽のように目を細めている。

昊の表情につられてしまったのかもしれない。そう思うと微笑《ほほえ》ましかったし、凰炎は、なんとなく猛禽に似ているなと思った。

「少し下がっていてください」

くるりと回って凰炎の視線を外させてから、有理は腕を地面と平行に伸ばす。そうして、思いきり腕を振り上げた。その動きに合わせて、昊が勢いよく飛翔する。

昊は天高く舞い上がり、空中で旋回した後に翼を窄《すぼ》め、獲物を見つけて急降下する。物凄い勢いで野兎《のうさぎ》を仕留め、再び空へと飛んだ。

有理は指を口元へ運び、指笛を鳴らす。甲高い音を聞きつけた昊は兎を地に落として殺し、それから革製の手甲を巻いた有理の腕に戻ってきた。

猛禽を飼い慣らす有理に、凰炎は感心したように瞠目《どうもく》していた。そして、小さく手を叩いてくれる。

褒美をくれるわけでも、賞賛を口にするわけでもない。けれど彼が純粋に感動を覚えてくれているのだと知ると、それだけで胸があたたかくなるのを感じた。

一方で、鳥飼いを馬鹿にされたくない、認められたい、という向こう意気の強さから始めたことなので、凰炎の賞賛が己に相応しくないような気がして苦笑する。


凰炎はそんな有理に怪訝《けげん》な顔をした。

「いえ、ただ」

詮《せん》のないことを言おうとしている。その自覚があるのに口を噤《つぐ》むことができない。

「……俺の家の男子は、ずっと鳥飼いとして従属しています」

腕と首筋に入れた黥を凰炎の眼前に晒す。これは王族や兵、農民や商人などにはない、有理たちのような職人の証だ。

それぞれの家ごとに男子は概《おおむ》ね同じ文様を体に刻む。

「鳥を飼い、育て、捕まえ、献上する。父も、祖父も、同じようにやってきた仕事です。……決して仕事を軽んじているわけでも、誇りがないわけでもない。けれど、俺はそれでは物足りなかった」

野心というほどではない。けれど、父や祖父のように平凡な生き方はしたくなかった。

「例えば、戦で功績を残す」

戦は、国と国が存在する限り必ず起こりえる。

「でも、体の成長はこれで止まってしまいました」

背が低く、贅肉《ぜいにく》のあまりない体は細く頼りない。戦帰りの兵士からすれば、ひどく弱々しく映るだろう。

元々兵役につける家系ではないが、なれたところで脆弱《ぜいじゃく》なこの体では功績を残すことなど叶わないと自分自身がよくわかっている。

狗鷲の昊を腕に止め置くのも当初は大変だった。今でこそ慣れたが、成長した雌《めす》の狗鷲は大きく、重さも赤ん坊くらいある。

「あなたのように、体格に恵まれていたらと、そう思うこともありました。それでも、これぱかりはどうにもならない」

相槌《あいづち》も打てない相手に話をするというのは、危険なものだと有理は知る。

独り言のような錯覚に陥り、けれど相手がいる分とめどなく話してしまうのだ。凰炎が確実に己の詮のない戯《ざ》れ言《ごと》を聞いてしまっているというのに、動く唇を止めることが難しい。

「つまらない見栄なのです。俺がこんなふうに猛禽たちを育てるのは」

普通とは違う、それを周囲に知らしめたくて、自分の可能性を見つけたくて、もがいているに過ぎない。反面、そうすればするほどに、自分が何者かになれるわけではないのだということを思い知る。猛禽を使役したところで、結局は兵士より強くなれるわけでもないという頭もどこかである。

「――」

いつのまにか俯《うつむ》いていた有理の頭に、凰炎が優しく触れる。目が合うと、ゆっくりと頭を振った。

言葉は話さないけれど、彼の手はまるで「そんなことはない」と慰めてくれているようだった。

このまま、その優しさに身を預けてしまいそうな自分に気づいて、有理は慌てて首を擡《もた》げた。

「あの、凰炎様は鳥がお好きですか?」

話題を強引に転換させるための有理の唐突な問いに凰炎は目を丸くし、形容しがたい、複雑な表情を作った。

すぐ肯定するものだと思っていただけに意外で、有理は首を傾げる。

「……ではなぜ連日、禽舎に通っておられるのです?」

そう問うてから、彼は言葉が話せないのだということを思い出した。

凰炎は、ついと倉庫を指差した。そこは、以前有理が敵国の男に襲われた——凰炎と初めて顔を合わせた場所だ。

「倉庫、ですか?」

首肯して、凰炎は木の枝を拾い上げて地面に文字と思しきものを書いた。けれど、有理は文字が読めない。

「あの、申し訳ありません。俺、字が……」

恐る恐る申し出ると、凰炎は思案する仕草を見せて、それから地面に絵を描きだす。

——……鳥?

ふたりの足元に描かれたのは、鳥だ。ぎこちない線で描かれたのは、あの日、倉庫で見えた鳥——鵠のことを示しているのだろうか。

「これは……鵠、でしょうか」

そう口にすると、凰炎はこくりと頷いた。

「鵠に会いたいのですか?」

凰炎はそれから、人間、その隣にそれより小さな人間——大人と子供と思われる絵を描いた。親子か兄弟だろうか。それから、鳥をもう一羽描き足した。そして大人をぐしゃぐしゃと掻き消し、次いで鳥もまとめて消してしまう。地面には、子供だけが取り

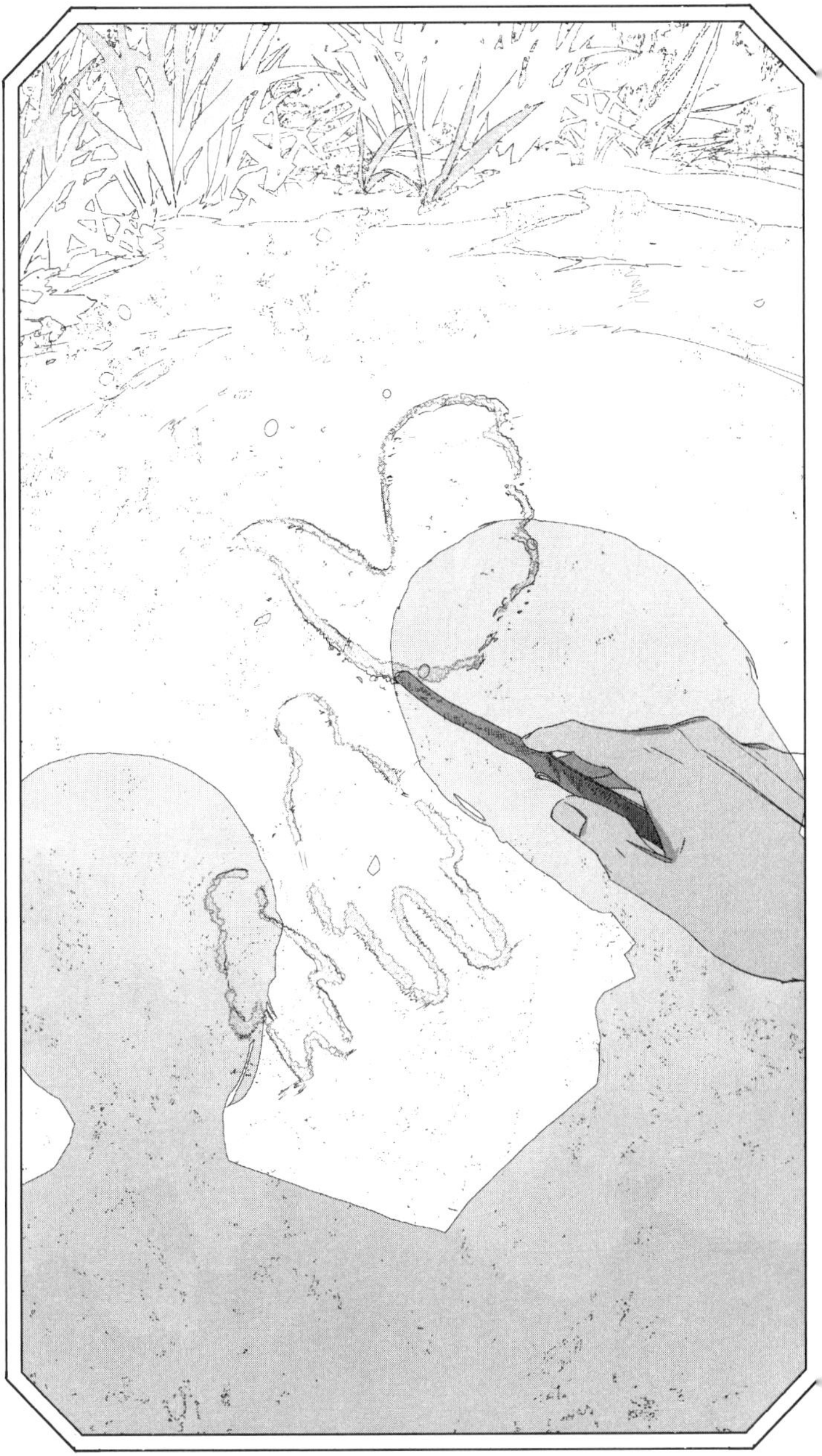

残された。

——どういう意味だろう。

彼がなにを言いたいのか、よくわからなかった。

ただ、鵠になにがしかの思い入れがあり、だから会いたいと思っているのだ、ということはわかる。

「凰炎様。残念ですが、鵠は旅をする鳥で一所《ひとところ》には留《とど》まりません。だから、禽舎では飼っていないのです」

凰炎は一度有理のほうを見て、そして地面の上に描かれた子供の絵を消した。

その横顔から感情は読み取れない。有理は慌てて言い足した。

「あの、でも毎年冬になればやってきますから！　湖の畔にきっと沢山やってきますよ。そうしたら、必ずお教えします」

それで如何ですか、と言うと、凰炎は表情を変えぬまま頷いた。悲しい顔をして欲しくなくて、どうにか笑って欲しくて、有理は必死に言い募る。

「約束します。絶対お教えしますから」

凰炎は、何故か曖昧に首を傾げた。

自分が話しているのは、彼が聞きたい言葉ではないのかもしれない。なにを求められているのかわからないまま懸命に言葉を繋《つな》ぐ。

「きっと今年もいっぱい来ます。ええと……あの、冬になる前にまた見つけたら、一番に、凰炎様にお知らせします。……うわっ」

突然凰炎に手を握られ、思わず声を上げてしまった。

「——」

音もなく、凰炎の口が動く。

声は出さずに、有理、と唇が形を作った。

「凰炎、様」

ふたりの指が絡む。自分と違って彼の指は滑《なめ》らかで、羽毛のような感触がした。

柔らかな指を振りほどくこともできずに、ただ戸惑って凰炎を見返す。

「……」

凰炎は、なにかを喋っていた。だが、読み取ることができない。焦りともどかしさでなんだか泣きそうになっていたら、彼は一旦口を噤んだ。

唇が、もう一度ゆっくりと「有理」と動く。

物言わぬ彼が、己の名を呼ぶために唇を動かしているという事実に、頬が熱くなった。なんですかと返したいのに、体が固まって言うことを聞かない。

こんなことは、生まれて初めてだった。

淡褐色の虹彩が、まっすぐに有理の姿を捉えている。

有理、と再び音もなく凰炎が呼んだ。はい、と返事をしたいのに、やはり有理も声が出せない。音にならないことがこんなにももどかしいものだとは思わなかった。

名前を呼んで欲しい。

突き抜けるようにそんな衝動が湧《わ》いて、けれどその原因がわからなくて、狼狽《うろた》える。動揺を誤魔化すように、有理は慌てて手を引いた。

有理の反応に、凰炎は目を丸くしている。そして有理も自身の過剰な反応に驚いてしまった。

「あの、俺っ……、なんでもありません！」

自分自身が取っている行動なのに、説明がつけられなくて首を振る。

なんでもないですから！　と重ねて告げて、その場から脱兎《だっと》のごとく逃げ出してしまった。

いつものように、水禽《すいきん》の飼育や屠畜《とちく》の仕事を終えた後に猛禽の訓練をしていた有理は、背後に気配を感じて振り返る。

そこにいた人物を認めて、鳥を腕に乗せたまま膝をついた。

「亜蘭様」

「よう。前回は、偵察ご苦労だったな」

凰炎の名前を呼ばなくてよかったと胸を撫で下ろす。

それに、もう彼が来るはずがないのだ。

手に触れられて――有理が逃げ出して以来、連日顔を見せていた凰炎はぱったりと現れなくなっていた。兄にそれとなく訊いてみたが、有理のいないときも姿を見せてはいないようだ。

自分が妙な態度をとってしまったからかと悔やんでみたものの、申し開きをしようにもこちらから王子に会いに行く術《すべ》などない。この数日間で、相手との身分の違いを改めて思い知った。

鬱々《うつうつ》とした気分に陥っている有理をよそに、亜蘭はきょろきょろと周囲を見回す。

「英理はどうした？」

「今日は、朝から山のほうへ行っておりますが」

英理は猛禽を慣れさせることまでは上手なのだが、調教となるとあまり得手ではない。兄は寧ろ鳩などの飼育や調教の技術に長けている。今日は父たちとともに、家禽を中心に水場へ捕獲しに行っていた。

「呼んでまいりましょうか？」

「いや。会えないのは残念だが、仕事の邪魔をする気はない。――構わないから楽にせよ」

許しを得て、有理は立ち上がる。

大人しく腕に止まったままの鷹の天《てん》を眺めて、亜蘭は腕を組んだ。

「だいぶ俺の存在にも慣れてきたな。そろそろ俺の言うことも聞いてくれるか？」

確かに多少警戒は解いているものの、腕に乗せるだけで精一杯だろう。有理と英理以外にはまだ懐いていない。そして、亜蘭もそれをよく知っているはずだ。

何故今更そんなことを言うのか。なんだかなにかの含みがあるようだが、その意図が判然としない。

「まだ俺と兄以外には……あの、でも霄《しょう》か穹《きゅう》でよければお試しになりますか？」

怪訝に思いながらも、比較的小さな種類で聞き分けの良い猛禽の名前を提案する。名前を呼ばれたと思った二羽が、足元に寄ってきた。

亜蘭は呵々《かか》とばかり笑う。

「いいや、またの機会にするよ。本当に、お前は獣を手懐けるのが上手い」

「あの……？　ありがとうございます」

「近頃も手懐けただろう？　……王の寵する獣を」

心当たりがなく、一体なんのことかと首を傾げ——思い至る。

恐らく、彼の言う「獣」とは王子である凰炎のことだ。

頻繁に会っているのを、きっと亜蘭は把握している。有理の動揺を感じ取ったのか、腕に止まっていた天が微かに羽をばたつかせた。

それを慌てて押さえ、亜蘭を見やると、彼は唇の端を上げる。

「仮にも王族で、王の寵妃の忘れ形見だからな。監視がつかぬわけなかろう？」

なにも後ろ暗いことはないはずなのに、動揺はおさまらない。最後に会ったときのことが思い出されて、ますます狼狽《ろうばい》した。

「それに、先達ての宣旨《せんし》があってからは、ますます注視されるようになった」

「宣旨、ですか？」

王がなにか言った、ということなのだろうか。職業人でしかない自分には届かない情報だ。

「そう。『凰炎は、体軀こそ他の男に引けを取らぬほどに成長したというのに、未だ声を出すこと能《あた》わず』」

謁見《えっけん》したこともない有理には実物に似ているのかどうかは判然としなかったが、低くくぐもった声は、もしかしたら王の物言いを真似ているのかもしれない。

亜蘭はくっと喉を鳴らした。

「凰炎が喋れないのはもはや日常になって久しいというのに、忘れた頃にそんなことを言われたもので、高官たちは慌てふためいていたな。——以来、こぞって原因の探索にあたっているんだ」

「そう、ですか」

この数日、凰炎が姿を現さなかったのはそういうことなのだとうっすら理解する。

——気を遣ってくださったんだ。

きっと、凰炎のいるところには様々な立場の者が寄ってくる。仕事の邪魔をしないようにとか、妙な邪推《じゃすい》をされないようにとか、色々と考えてくれたのだろう。

——でも、どうしてそれを俺に言うのだろう。

有理と凰炎が多少接触していたのは事実だが、凰炎の現状をわざわざ説明してくれる理由がよくわからない。

亜蘭は感情を読み取れない笑顔のままでいる。すべてを見透かしているような視線に居心地が悪くなってきて、目を逸らしてしまった。

「それにしても、我が兄ながら王は過保護でいらっしゃる」

「え?」

「もっとも、あのお人が甘いのは、寵妃の産んだ息子に対してだけだが。——能力のないものは淘汰《とうた》される。弱いものは、強いものに付き従う。それが自然なことだ。それでも、王はあの息子を寵愛する」

冷たいその物言いに、有理の胸の奥が蟠《わだかま》る。気がついたら「いいえ」と反論してしまっていた。

「凰炎様は、話すことができないだけです。立派な体を持っていらっしゃるし、ちっとも弱くなどありません」

おや、と目を丸くした亜蘭に、有理ははっとして慌てて跪《ひざまず》く。

「ご、ご無礼を」

「いやいや。構わん。そう畏まらなくていい」

ほら立て、と促され、蒼白になりながら立ち上がる。

「まあ、お前の言う通り、言葉を発せないだけで解していないわけでもないし、知能が劣っているわけでも気が狂っているわけでもないがな。……どうも、その辺を誤解している者も多い」

先程腐《くさ》すようなことを言ったのとは裏腹な科白《せりふ》を口にして、亜蘭が笑う。有理は拍子抜けし、目を瞬いた。

――……なんだろう。俺、今なにか試された？

疑問をぶつけたところで笑顔でのらくらと躱されるだけなのもわかっているので、問いを呑み込んだ。

「今は、祈禱《きとう》したり、喉の薬を煎《せん》じたり、他国の妙薬を試したりしている者も多いが、これといった成果はないようだ。そんなものは昔からとっくに試しているしな」

大人になるまで王が愛する息子をただ放っておくはずはない。

曰《いわ》く、凰炎は幼い頃からあらゆる「治療」を試されたのだそうだ。

「亜蘭様は……なにかお考えでもあるのですか？」

「ん？」

問いに亜蘭はその整った顔貌に、にっこりと笑みを刻んだ。そして、なにも答えない。

長らく有理たち兄弟を気にかけてくれている亜蘭だが、いまいち摑みどころがない人物だ。兄の英理などは、亜蘭と相対するときは決して油断するな、そもそもあまり関わるな、つまり余計なことを言うなと度々釘《くぎ》を刺してくる。

とはいえこのように高貴な身分の亜蘭のほうから近づかれては、逃げるわけにもいかない。未だにどう応対するのが正解か、有理にはわからなかった。

「――有理、お前なぜあの王子が話せないか知っているか？」

問いに問いで返され、有理は戸惑う。

「生まれつきではないのですか？」

そもそも、彼の人は「そういう」人物なのだと思っていた。鳥が飛ぶ、魚が泳ぐ、というのと同じで、凰炎は言葉を話せないのだと。

疑問符を浮かべる有理に亜蘭は「王子の母親のことは知っているか？」と問いを重ねた。

「いえ。お妃様で、もうお亡くなりになっている、ということくらいしか」

王には正妻といえる后《きさき》の他、複数人の妃がいる。そのうち何人かは、なんらかの理由でもう既に亡い。それくらいの情報は、世間に疎くても知っている。

「今から十数年ほど前の話だ。王の寵妃――つまり凰炎の母親が弑逆《しぎゃく》を企《くわだ》てた」

「えっ？　そ、そうなのですか？」

妃が王殺しに手を染めるなんて、俄には信じがたい話だった。けれどその話が本当ならば、失敗したのだろう。王が存命で寵妃が亡いのだから。

「王は、寵妃を――凰炎の母親を深く愛していた。まだ若い頃に、招かれた隣国の祝宴で見初《みそ》め、まるでその辺にいる少年のように恋して、手に入れた。王は心から寵妃を愛し大事になさっていた。寵妃もそんな王に好意を返し、やがて凰炎が生まれ、睦《むつ》まじく見えていたものだ」

凰炎は、待望の男子だった。后や他の妃とも王は子を生《な》していたが、その時点ではまだ女子しか生まれていなかったのだという。

「なのに、どうして」

思わず疑問が口から零れてしまい、慌てて口を噤む。亜蘭は右目を眇《すが》めて唇を歪《ゆが》めた。

「寵妃には、故郷に恋人がいたんだ」

「ええっ⁉」

亡き妃の醜聞に、ぎょっとする。

「で、ではこの国に嫁いだのは」

困惑する有理に、亜蘭が小さく嘆息した。

「今となっては、最初から弑《しい》するつもりで輿入《こしい》れしたかどうかはわからん。王の求婚も性急だったし、かなり強引に娶《めと》ったという印象もある」

それを恨《うら》みに思ったか、それとも端《はな》から王の暗殺を狙《ねら》っていたのか。もう確かめようもない。恐らくその「隣国」も既にないのだ。

「本当のところは確かめようもない。だが、寵妃の恋人が庶民ではなく隣国の役人——それも、魘魅蠱《えんみこ》毒《どく》を扱う呪禁師《じゅきんし》であったのも事実だ」

驚きの連続に、有理は絶句する。

寵妃の恋人は、厭魅蠱毒——呪詛《じゅそ》や動物を使った呪術を得意とする、新進気鋭の呪禁師だったという。

本来呪禁師は祈禱や病気治療を扱う人々で、この国にも数人存在するが、稀《まれ》に呪術に特化した者を召《め》し抱《かか》える国もある。

どこぞの呪禁師が人間を小動物に変えて踏み潰して殺した、などという話を、戦帰りの兵士から聞いたことがあった。

「当初は呪禁を用いて王を呪い殺そうとしたが上手くいかなかった。とうとう寝所に小刀を持ち込み、就寝中の王の胸を一突きにしようとしたそうだが……寵妃は失敗するんだ」

忌々《いまいま》しげに、亜蘭は息を吐く。亜蘭は、兄である王をとても慕っているという話だ。領土を拡大させているのも、勿論《もちろん》戦が好きだというのもあるだろうが、兄の世を繁栄させるためだと。

「王に深く愛されている自覚のあった彼女は、とうに王に情が移っていて殺すことができずに、枕元で嗚咽したそうだ」

王に問い詰められると、暗殺計画を涙ながらに告白したという。王は寵妃を許したが、使嗾《しぞく》した恋人──ひいてはその故郷を赦すことはなく、戦が起こった。

その結果は聞かなくてもわかる。有理が生まれてから自国は戦に破れたことはないし、恐らくそれより以前も同様だった。だから、この国は大きいのだ。

「それで結局、どうなったんですか」

「寵妃の元恋人は捕らえられて、怨嗟《えんさ》の言葉を叫びながら斬首刑《ざんしゅけい》に処された」

妥当な処分だ、と納得する。だが、と亜蘭は言葉を繋《つな》いだ。

「寵妃は元恋人の刑の執行を見たその日の晩、城に火をつけて自害した」

「えっ」

「まだ幼かった、凰炎の前で。それ以来、凰炎は声を失った」

愛育してくれていた母親が命を断つのを目の当たりにしたら、幼子は相当な衝撃を受けるだろう。言葉を失ってもしょうがない。痛ましい話に、無意識に眉を顰める。

「その晩に、凰炎を燃え上がる城から助け出したのは俺だ。凰炎を抱き上げて、焼け落ちる城から転がるように出て振り返ったら、二羽の白い大きな鳥が空の彼方へ飛び立っていくのが見えた」

鶴《つる》か、あるいは鵠か。

幼い凰炎は叔父である亜蘭の腕の中で、寄り添うようにして消えていく二羽の鳥をただじっと見つめていたという。そのときから、彼は声を発さなくなったのだそうだ。

「俺は、そこになにか手がかりがあるのではないかと考えている」

「それは、どういう……」

「そこまではわからん」

きっぱりと論拠を放り投げられ、有理は無意識に力の入っていた肩を落とした。

「卜部《うらべ》によれば、凰炎が声を出せないのはその男による呪いだというが」

亜蘭は、自らの喉に触れる。

「愛しい恋人を奪った王への、そしてその王に恋人が汚された証である凰炎への」

汚された、という言い方に、否定をしたくなる。

それに、と亜蘭が表情を歪めた。

「……呪禁師が斬首刑に処される直前に、『王子は愛されない。だから呪いは解けない』と嗤《わら》った」

無意識に、突き動かされるように、有理は「そんなことありません！」と叫んだ。

それが不敬であるということに遅れて気がつき硬直する。

だが責めるでもなく亜蘭は片頬で笑い、有理の頭を軽く叩いた。

「お前のように、自信を持ってそう叫ぶやつがいたらよかったな」

「だって、そんな、ひどい」

嗣子《しし》ではないが、一番目の王子が呪われるというのは、王にとっても国にとっても大きな痛手だ。幸先が悪く、縁起も悪い。口を利けぬことも勿論だが、一度穢《けが》れてしまった瑕疵《かし》のある王子は後継候補からは完全に外される。

――なにより、そんな言葉を残されたら王も王子もその周囲の人々も、疑心暗鬼《ぎしんあんき》に駆られるに決まってる。

まだ愛し足りないのか。自分は本当に子を愛しているのか。

自分は親にも、誰からも愛されていないのではないかと。裏付けるように、母は目の前で自害した。

だからこその「呪い」なのだろう。人は言葉に縛られる。

自分が生まれる前の出来事だが、有理は話を聞いていて、もどかしくて悔しかった。

「その後、寵妃と呪禁師の遺体は、いくら探しても見つからなかった」

処された呪禁師は、本来であれば数日野晒しにされる予定であったが、戦と城が炎上したその混乱の中で遺体を見失ったという話であった。――その渦中、唐突に現れ消えた二羽の鵠。

「な？　なにかありそうだろう」

「……確かに、そうですね」

「母を失った悲しみと衝撃だけが齎《もたら》したものではないのではないかと思う。凰炎はまだ二歳であったし、母の顔など覚えていないだろうしな」

そんな話を聞きながら、ふと、以前凰炎が地面に描いてみせた絵の記憶が蘇《よみがえ》った。

あれは、今しがた亜蘭が話してくれた出来事のことを示していたのだろうか。そして凰炎自身もまた、鵠という鳥に自分の不調の因果があるのではないかと考えているのかもしれない。

「お前は、近頃凰炎と会っていただろう。なにか、話したり……きっかけになったりしそうなことはなかったか？」

「……いえ、申し訳ありません。思い至りません」

凰炎がなにかを伝えようとしてくれたことはあるが、意味はわからなかった。

「そうか、それは残念だ」

亜蘭はさして残念そうでもなく笑った。その視線が不意に後方へ逸れる。

つられるように振り返ると、山から戻ってきた兄が歩いてくるところだった。亜蘭はいつもの人を食ったような笑顔ではなく、無邪気な表情になって兄に向かって手を振る。

「よう、英理」

名前を呼ばれ、こちらに気づいた英理は驚いた様子でその場に跪く。亜蘭は「面倒だからいちいち礼を取らんでいい」と言いながら、英理に近づいていった。

その背中を見ながら、立ち居振る舞いこそ似ていないが、凰炎と亜蘭は血縁だけあって顔や体型や雰囲気が似ていると思う。声も、似ているのだろうか。

「亜蘭様は、凰炎様を大事になさっているんですね」

ぽつりと呟《つぶや》いた有理の言葉に、亜蘭はこちらへ顔を向ける。

「まあ、積極的に否定するのも憚《はばか》られるが……俺も他のやつらと同じで下心があるだけだ」

「下心？」

「褒美が出る」

亜蘭はそう言って、にっと笑う。

王弟という立場にいるのに、褒美が欲しいものなのだろうかと首を傾げた。


それから数日後、広野で英理とともに猛禽の訓練をしていると、亜蘭がいつもどおり前触れもなく顔を出した。珍しく、馬に乗っての登場だ。

繊細な美貌の持ち主が蘆毛《あしげ》の馬に跨《また》がるその姿は、お伽噺《とぎばなし》の王子のようである。

ただその手に大きな弓を持ち、血塗《ちまみ》れの兎を二羽、馬の背に載せていたので、女性が胸をときめかせるような絵面ではなかった。

その勇ましい姿に少々慄《おのの》きつつ、膝をつこうとするより早く「いい、いい。楽にしろ」と先手を打たれた。英理と顔を見合わせて、姿勢を直す。

「ほら、やるよ」

「わっ……」

　亜蘭は兎を一羽、英理に向かって放り投げた。兄は慌てて受け取っていたが、有理の腕に乗っていた昊は驚きと不満でチキチキと鳴き声を上げる。馬に警戒している様子もあったので、有理はさりげなく距離を取った。

「頂いてもよろしいのですか？　随分大きな兎ですね」

「ああ。だが兎は本命ではないぞ。大鹿《おおしか》と狼《おおかみ》は、下の者に任せてきた。お前らには兎をくれてやろうと思ってな」

　そう言って、亜蘭は得意げに弓を振る。亜蘭は細身の美丈夫だが剛力の持ち主で、大弓での騎射が非常に優れているのだと聞いたことがあった。戦がないときはこうして狩りでその腕前を披露しているようだ。

「兄さん、俺あっちで少し訓練してきます」

　話し込んでいる二人に声をかける。狩りの帰りで興奮気味の馬に、昊が苛立《いらだ》ち始めていたのだ。

　有理が踵《きびす》を返すと、亜蘭が「おい」と呼んだ。

「今日の狩りは、凰炎もついてきたんだ」

「えっ……そうなんですか？」

　凰炎は、やはり顔を見せないままだ。体調など崩していないかと心配していたが、狩りに興じていたと知って安堵《あんど》するのと同時に、なんだか胸のあたりがもやもやとした。

「ああ。あっちの、山のほうにまだいると思うから、声をかけるといい」

　はい、と頷いて、有理はゆっくりとその場から離れた。

　――声をかけろと言われてもな。

　以前はひとりで出歩いていたようだが、王の宣旨があってから彼は必ず供をつけて行動しているだろう。そんなところに一介の職業人である自分が容易に声をかけられるものではない。

どうしたものかと、山のほうへ足を向けながら腕に乗る昊の背を撫でる。――つと、昊がぴっと首を伸ばし頭を巡らせた。

――……血の匂い？

風に、血の匂いが交じっている。狩りのあとだからかと考えたが、その割には人の気配がないのが気にかかった。

大猟《たいりょう》だったようなので、血抜きをしていったあとの臭いが強く漂っているのかもしれない。そう思う一方で不穏な空気を感じて、有理は雑木林を抜けて風上のほうへと向かった。

歩みを進めると、微かに人の声が聞こえたような気がした。

「……今なにか、聞こえたよね」

昊に話しかけて、歩みを進める。麓《ふもと》から山に入る道の途中に、弓が落ちていた。亜蘭の持っていたような大弓ではなく、有理でも扱えそうな大きさのものだ。数本の矢も落ちていたので拾い上げる。

「――」

三本目の矢を拾ったところで、男の叫び声が聞こえた。ぎくりとして、無意識に息を潜める。

声のしたほうに足を向けようとして、矢を拾った先に人が倒れているのが目に入った。慌てて近寄る。

「……っ」

仰向けに倒れていた人物は、既に絶命していた。首から胸にかけて斬られている。もしかしたら、有理が拾った弓矢の持ち主は彼だったのかもしれない。血に塗れた衣服には、この国の紋章が刺繍《ししゅう》されていた。

周囲に目を向ける。複数人で争いながら徐々に移動していったのか、荒れた土の上にまるで道標のように点々と遺体が転がっていた。

嫌な予感がして、有理は遺体を辿《たど》るように走りだす。川のせせらぎがし始めてきた頃に、再び咆吼《ほうこう》のような絶叫が聞こえた。

「死ね！」

下方から聞こえた男の叫び声に、有理は思わず足を止めた。木の陰から斜面の下、川縁のほうを見下ろす。

――凰炎様！

凰炎は獣道に仰向けに倒れ、この地域では馴染みのない衣服を身につけた男が彼に槍《やり》を突き立てていた。男の狙いは外れたらしく鋒先《ほさき》は凰炎の左の掌を貫き、地面に突き刺さっている。

凰炎は一言も声を発していない。けれど相当な痛みがあるのだろう、顔面蒼白になり、苦悶《くもん》の表情を浮かべていた。

有理の頭からすっと血が下がり、気がつけば腕に止まっていた昊を凰炎のほうに向かって振り投げていた。

「ぎゃっ、あぁ……っ⁉」

昊は獲物を捕らえるときのように静かに、だが勢いよく滑空し、凰炎の上にいた男の目を突いた。そしてその鋭い爪で身を捩《よじ》った男の耳を抉《えぐ》る。

男は再び悲鳴を上げ、地面を転がった。悶絶する男が凰炎から離れた瞬間に、有理は弾かれるように川縁に向かって滑り下りながら歯笛を鳴らす。腕に戻ってきた昊を矢庭に空へと飛翔させた。

昊は有理の意図を汲《く》んで、木々を抜けて飛んでいく。

「っ、凰炎様……！」

走り寄った有理に、凰炎は脂汗《あぶらあせ》を滲《にじ》ませながらも驚いたように目を瞠った。

「大丈夫ですか！」

凰炎はぐっと奥歯を噛み締め、左掌に突き刺さっていた槍を自ら引き抜く。噴き出した血に慌てる有理を片腕で抱き寄せると、すぐさま有理の持っていた弓矢を奪って矢をつがえた。

背後で短い呻き声が聞こえ、ややあって斜面を転がる気配がする。凰炎が、有理の頭上でふっと息を吐いた。

状況がわからないが、危機が去ったのを察して凰炎の胸を押しやる。

「凰炎様、お怪我が！」

無理矢理刃を引き抜いた手からは血が溢《あふ》れていた。そしてそのときに初めて、自分たちの周囲に複数の遺体が転がっていることに気がつく。

有理は激しく狼狽しながらも己の衣服を裂き、凰炎の手に強く巻きつけた。肘《ひじ》の部分にも、細く裂いた布を強く結んで止血を試みる。

「っ、……」

「凰炎様、お気を確かに」

相当な痛みがあるのだろう、凰炎は息を乱し、額《ひたい》に汗を滲ませている。

玉の汗をそっと指で拭った。そうしてみて、初めて手が震えていることを自覚した。

有理の家系は非戦闘民だ。今まで一度も、戦闘に参加したことがない。自分の命も他人の命も、危険に晒されるような状況を目の当たりにしたことがなかった。

無我夢中で動いたけれど、今更恐ろしさが襲ってくる。

凰炎は、震える有理の手を握った。形のいい唇が、ゆっくりと動く。

――大事はないか。怪我は。

自分のほうが大怪我をしているというのに、何故下臣の心配などをするのか。

疼《うず》くように胸が締め付けられ、涙が出そうになり、有理は唇を嚙み締めて頷いた。

大丈夫ですと伝えたいのに、声が出ない。はく、と唇を動かすことしかできなかった有理に、凰炎は気遣わしげな顔をする。

苦しい。

彼が表情を変えるだけで、胸が苦しい。

黙ったままの有理を見つめ、凰炎が再び唇を動かす。

——助かった。ありがとう。

精悍な顔貌が、微かに笑む。息が止まりそうだ。

ただ無我夢中だった。自分が凰炎を助けられたとは思っていない。寧ろ有理のほうが彼に助けられてしまった。

なんと伝えればいいいか、己の心をどう表現していいのかわからない。焦燥《しょうそう》で、眦《まなじり》に涙が滲んだ。凰炎が狼狽えるような雰囲気が伝わって、有理は頭を振る。

「凰炎様がご無事で、本当に……本当に、よかったです。……嬉しい」

嘘偽《うそいつわ》りのない、けれど心のすべてを表せてもいない言葉を精一杯口にする。

こちらの顔を覗き込んでいた凰炎が、ぴたりとその動きを止めた。

「——」

また敵襲かと身構えようとした体を再び抱き寄せられ、唇を塞がれた。

——……え?

事態が呑み込めず、ただ硬直する。

あまりに近くに、凰炎の顔があった。固まった有理の体を解すように、唇を舐められる。驚いて開いてしまった口の中に、凰炎の熱い舌が入り込んできた。

「ん……っ⁉」

口腔内を舐められる初めての感触に、びくりと背筋が強張る。どこか怪我をしているのか、凰炎の舌は血の味がした。

縮こまる舌を器用に搦《から》め捕《と》られ、吸われる。甘く噛まれると、覚えのない感覚が腰を這《は》った。

「っ、や……っ」

食べられてしまいそうで、少し怖い。無意識に凰炎の胸を押し返そうと身動ぎした瞬間、凰炎が息を詰める気配があってはっとした。

傷に触れてしまったのかもしれない。彼は手に深い傷を負っている。有理が抵抗して傷口が悪化したらと思うと、身動きを取ることは叶わなかった。

――どうしよう、俺、どうしたら……っ。

誰か助けて、と先程と違って命の危険はないけれど、唇を受け止める状況に惑乱しながら心の中で助けを求める。

抵抗をやめた有理の腰を凰炎は片腕で容易く抱き寄せて、口づけを深めた。口腔内や舌を愛撫《あいぶ》され、背中が震えて落ち着かない。

怪我をしているほうの手で、髪を撫でられる。味わうような口の動きに呼吸の仕方もわからなくなってきて、息も限界が近い。半面、その心地よさに身を委ねてしまいたくなる。いつのまにか、凰炎の背中に縋るように腕を回していた。

「……ん……」

唇がほんの少し離れ、どちらからともなく瞼《まぶた》を開くと、自然と視線が交わった。その瞬間に、有理には凰炎以外なにも見えなくなる。

互いに見つめ合い、再び唇を重ねた。

胸が苦しい。抱きしめてくれる腕が愛しくて、凰炎のことが好きで、苦しい。

不意に、羽の音が聞こえた。きつく閉じてしまっていた瞼を開く。先程飛ばした昊が、斜面の上に降り立った。

昊は川下に向かってピィ、と甲高《かんだか》い声で鳴く。その声に、深く交わっていた唇が解けた。

昊の鳴き声に促されるように、有理と凰炎は川へ視線を向ける。

「――鵠」

掠れた低い声が、零れ落ちる。

川で大きな白い鳥が一羽、泳いでいた。あれは、鵠だ。

万が一のことを考えて慌てて口笛を鳴らし、昊を呼んだ。神の遣いともいわれる鳥に傷をつけるのはまずい。

手甲に戻ってきた昊は、ぴ、と短く鳴く。

季節外れの鵠はじいっとこちらを見つめ、そしてゆっくりと川下へと移動し始めた。その様子を凝視していた凰炎は、有理からそっと身を離し、立ち上がる。

「鵠、が」

凰炎は呆然としたように、もう一度呟いた。その声音は先程と同様低く掠れ――そう認識し、有理は目を瞠った。


「凰炎様、お声が」

もどかしげに己の喉を手で擦り、凰炎は鵠を注視したままふらりと足を踏み出す。その数歩先は急な斜面だ。

有理は慌てて凰炎に抱きついた。腕に止まっていた昊が、驚いて有理から離れる。

「凰炎様、駄目、危険です！」

「っ、……鵠が、……」

静止も聞かず、凰炎は更に一歩踏み出した。しがみついて精一杯引き止めているつもりだが、体重の軽い有理は容易く引きずられる。

どうすればいいのかと焦っていたら、突如後方で声が上った。

「――王子が口を利かれた！」

よく通る声に、凰炎は我に返ったように足を止めた。肩越しに振り返るとそこには亜蘭が立っている。彼の背後には、数人の男たち――兵士と役人が控え

ていた。

その中に、英理の姿もある。

——よかった。

歯笛は、昊を兄の元へ送る合図だった。単独で戻ってきた昊を見て、英理は異変を察知してくれたのだろう。亜蘭に知らせて、ここまで来てくれたのだ。

動揺の声が広がる中、亜蘭が駆け寄ってくる。有理の背中を優しく叩き、そして斜面から距離を取らせるようにさりげなく凰炎の腕を引いた。

「凰炎。話せるようになったのか」

「……叔父、上」

掠れ声ながら再び言葉を発した凰炎に、おお、と周囲が歓声を上げる。亜蘭は目を細め、凰炎の頭をまるで子供にするように撫でる。

「あれは、やはり鵠だったな」

亜蘭は独り言ち、笑った。

それは先程の鳥の種類が、という確認もあるし、凰炎が言葉を失ったのは以前話していたとおり鵠が関係していたのだな、という意味も含んでいるのだろう。

亜蘭は顎を引き、「追え！」と鋭く命じた。傍に控えていた数人が、鵠を追って川下へと走りだす。

「あの鳥……禽舎には？」

亜蘭の問いに答えたのは英理だ。

「いえ、鳥飼いの管理する禽舎に鵠はおりません。鵠は旅鳥で、ひとところにとどまる類の鳥でもありません。今はその季節ではありませんし、もしかしたら群れからはぐれて辿り着き、たまたまこちらで羽を休めていたのでしょう」

「そうか」

思案するように、亜蘭は唇に触れる。

凰炎に抱きついたまま半ば呆然としていた有理は唐突に我に返り、弾かれるように腕を離した。

「あの……っ、凰炎様が、ひどい怪我を負って

「……！」

　大声を上げた有理に、その場にいる全員の視線が向く。それから、下臣の一人が凰炎に走り寄った。布の巻かれた手には、先程よりも血が滲んでいる。その顔色は、血の気が引いて真っ青だった。

「亜蘭様、凰炎様をお連れして先に戻ります」

「ああ。頼んだ」

　さあ、と促され、凰炎は有理を振り返る。ぺこりと頭を下げると、彼は物言わぬまま下臣に連れられていってしまった。

「有理、怪我は」

　いつのまにか隣に立っていた兄に訊かれ、頭を振る。手や衣服に血が付いていたが、それは凰炎のものだ。

　無事だろうか、と不安になりながら、彼の血で汚れた掌を握った。


王子が言葉を発した。

吉報は王都を巡り、奉祝に沸いた。

　伝え聞くところによると、凰炎は少々辿々しくはあるものの、問題なく言葉を話すことができるようになったということだ。

　一人生還した凰炎が言うことには、あの日、狩りの帰りに果実なども摘んで帰ろうと山へ寄った凰炎たちは急襲を受けたそうだ。山中に、敵国の間者が潜んでいたのだ。

　敵の人数は凰炎についていた護衛と同じほど。互いに斬り合いとなり、護衛たちは凰炎を後方に庇《かば》いながらという不利な状況で、圧される格好になった。

　有理が聞いた悲鳴は、敵味方、どちらのものでもあったようだ。護衛が奮闘したものの、最終的に凰炎と敵の一騎打ちとなってしまった。

凰炎は叔父の亜蘭同様の剛力の持ち主であるが、当時は丸腰、更には敵の最後の一人の得物《えもの》が長槍だったのも不運だった。

恐らく、有理が間に合わなければ凰炎は殺されていただろう。——そんな事情を凰炎が話したようで、有理は王直々に呼び出され、褒美を賜《たまわ》った。

けれど、いくら城へ招かれても、凰炎本人と話をする機会はまったく得られなかった。


もう今日で何夜目になるかわからない宴《うたげ》が始まった直後、有理はそっと城を抜け出した。功労者として毎夜呼ばれるのだが、多少重用されている鳥飼いの者とはいえ一介の職業人である自分は王侯貴族の中に放り込まれても身の置きどころがない。

そんな状況が十日以上も続くと流石《さすが》に閉口してしまう。

——それに、肝心の凰炎様にもお会いすることはできないし……。

主役である凰炎はいつも上座におり、有理とは目も合わない。それでも一言でも言葉を交わせる機会が得られるのではとどこかで期待もしてせっせと通っていたが、望み薄のようだ。

物理的な距離に埋められない身分の差を感じて、哀しさが増すばかりだった。

——せめて、怪我の具合だけでも訊きたかった。

顔を合わせたら、きっと上手く話せやしないのだけれど。

小さく息を吐き、有理は猛禽のいる禽舎へと向かった。

凰炎が口を利いて以降、王は猛禽のためだけの広い禽舎を下賜《かし》した。凰炎の命を救ったのが、猛禽だという話が伝わったからだ。

狩りだけでなく今日のように戦の一助にもなるのだと亜蘭が口添えをしてくれて、今までは「亜蘭の個人的な趣味の範囲」という程度だったものを、軍事利用という方面での飼育と繁殖が王に正式に認められた。

元々低いわけではなかった「鳥飼い」という組織の地位が、他の職業集団よりももう一段階上のものとして扱われる。

――特別な何者かになれたのに。

それなのに達成感や高揚がないのは――傍に凰炎の姿がないせいだ。

禽舎に一歩足を踏み入れる。猛禽しかいないはずのその場所に人の気配があって、有理は身構えた。

誰何に、足音が近づいてくる。月明かりに照らし出されたその人物に、有理は目を見開いた。

「どなたですか」

「……凰炎様」

いつのまにか城を抜け出していた凰炎が、そこに立っている。久方ぶりに近くで見る相手に、有理の声が上擦《うわず》った。

「久しぶりだな。……ああ、そのままでよい」

聞き慣れぬ声に、胸がどきりとする。もしかしたら叔父の亜蘭と似た声なのかと予想していたが、凰炎のほうが僅《わず》かに低音で、響きは柔らかだ。

凰炎の声は戻ったものの、鵠は結局見つからなかった。

だがきっかけがなんであれ、凰炎はその後もきちんと言葉を話し続けたので、王はもうその原因については関心がなくなったらしく、捜査は打ち切られたと聞いている。

「凰炎様、お怪我の具合はいかがですか」

未だ巻かれた包帯を見ながらずっと気になっていた問いを投げると、凰炎は目を細める。

たったそれだけの表情の変化に、鼓動が早くなるのがわかった。

「ああ。まだ痛みはあるが、問題はない」

「それは……よかったです。安心しました」

「血管や神経なども上手く外れていたらしい。あとは、すぐに止血したのがよかったのだそうだ。お前の処置のおかげだ。ありがとう」

「っ、とんでもないことです……！」

礼を言われ、ぶんぶんと勢いよく首を振る。ふ、と今度は小さく声を漏らして笑い、凰炎はこちらに歩み寄ると、怪我をしていないほうの手で有理の髪に触れた。

「っ……」

不意打ちで触れられて、有理は固まる。

そして、日々の忙しさにかまけて頭の隅に追いやっていた記憶が蘇ってしまった。

その腕に抱き寄せられ、唇を重ねた。

あれはもしかしたら白昼夢だったのかもしれない。

そう思うくらいに今となっては現実味がなかった。城で見る凰炎は、距離感もなにもかも遠く、この数日間で有理は嫌になるほど立場の違いを思い知ったのだ。

出世をしてもなお手の届かない場所にいる相手に好意を持った自分が愚かで、けれど好いた相手のために何事かを成しえることができて、誇らしい。

なにかひとつ、彼の役に立つことができて、それだけで幸せだった。

「有——」

「——あのっ、猛禽、見に来られたのですか？　触ってみますか？」

遮るように喋ってしまった有理に凰炎は目を瞬き、それから苦笑した。

「……よいのか？　あのときの鳥にも、礼が言いたかった」

低く落ち着いた声なのに、彼の滑舌は辿々しさが残る。まだ慣れていないからかもしれない。しばらくすれば、他の者と同様に話せるようになるのだろう。

「そっと触れるだけなら恐らく大丈夫でしょうが……猛禽の爪は獣の皮膚を切り裂くほどの力があります。気をつけてください」

有理は昊の頭を掌で覆い、凰炎を見やる。

「どうぞ」

頷き、凰炎は昊に触れた。重労働をしない彼の掌は柔らかく、その手に撫でられて昊が暴れる気配はない。心地よさそうに、目を細めて喉を鳴らしている。

「愛らしいな」

「ありがとうございます。凰炎様に撫でられて、昊も気持ちがよさそうです」

微笑んで顔を上げると、視線がかち合った。こちらを見下ろす瞳に、胸の奥に重石《おもいし》が沈むような感覚を抱く。


笑顔が保てずに唇を引き結ぶと、凰炎が戸惑うような顔をし、昊から手を離した。

「少し、外に出よう」

「……はい」

そう促されて、二人並んで禽舎を出る。

高い位置に浮かぶ満月は、周囲を明るく照らしていた。今夜は凰炎の顔も、はっきりと見える。

ふと、互いの手が触れた。

「あ……」

咄嗟に体を引いてしまった有理の手を、凰炎が握る。再びの接触に、身動きがとれない。

凰炎が、物言いたげに唇を開く。

「――」

「――よう、どうしたんだ。主役の二人がこんなところで」

突如割って入った声に、有理は弾かれるように手を解いた。

前方から、酒器を携えた亜蘭がやってくる。

「叔父上」

亜蘭は酒を口に運び、それから右目を眇めて笑った。

「まあ、連日の浮かれように辟易《へきえき》するのもわかるがな。主役が抜けたところで誰も気がついてないくらいだ。……だが、夜中に供もつけずに出歩くな。不用心だぞ」

それはあなたもでは、と思ったし、一応有理がついているので単独行動ではない。だが戦力としては役に立たないという意味かと察して口を噤んだ。

喉を鳴らして酒を飲み、亜蘭は西の方角を指差す。

「とにかく外は危ないからな。散歩をするにしても城下に出ず、離れにでも行くといい」

城の西方にある離れは、亜蘭が普段生活している建物だ。離れといっても庶民の家の何倍もの大きさがある。

「俺は、どうせ今日は戻らん。好きに使え」

「叔父上、少々飲みすぎでは……」

「こんなときくらい構わないだろう」

じゃあな、と亜蘭は城の中へと入っていった。凰炎と顔を見合わせる。

「では……あの、お送りいたします」

凰炎は眉根を寄せて、無言のまま歩きだした。慌ててそのあとについていく。

離れの門前に着いたので辞そうとしたが、腕を引っ張られて中に入ってしまった。

「凰炎様？」

「……酒でも飲んでいけ」

そう言って、凰炎は先に行ってしまう。戸惑いながらも有理は台所を探して酒の用意をし、奥の間へと向かった。

応接室と思われる部屋で、凰炎は長椅子に腰をかけながら、灯された炎をじっと見つめている。その足元、床に跪くと、凰炎は「隣に座れ」と無茶なことを言った。

「凰炎様」

膝をついたまま改めて名を呼んだ有理を、凰炎が見つめる。

「この度は、お慶《よろこ》びを申し上げます。……そして、申し訳ありませんでした」

床に手をついて、深々と頭を下げた。

少しの間を置いて、凰炎は出し抜けにひょいと有理の体を抱き上げて自分の横に置いてしまった。

「――っ、あの」

戸惑い、激しく動揺しながらも、どうにか気持ちを仕切り直し、小さく深呼吸をする。

「なにを謝る必要がある」

「俺があのときすぐに追いかけていれば、鵠を捕獲することができたかもしれません」

鵠は、力は強いがそれほど俊敏な鳥ではない。けれど、下臣たちが急いで追いかけたが捕まらなかった。飛び去ってしまえば、人間が追うのは難しいだろう。

悔いる有理に、凰炎は「いや」とかぶりを振った。

「きっと、あれは捕まらなかった」

やけに断定的に口にして、微かに目を伏せる。

あの日、凰炎は自らあの鳥を追いかけようとしていた。鵠に、なにか思うところがあったからだろうと有理は推測している。

「あれは……ただの鵠ではなかったかもしれない」

凰炎が歩きながらぽつりと呟いた。

「私はあの日――母が自害したあの日に、二羽の鵠が飛び立つのを見た。霞《かすみ》がかったこの記憶は、恐らく私が覚えている中で一番古い記憶なのだろうと思う」

母親の姿はいつのまにか消えていた。気がついたら、まだ幼かった叔父に抱き上げられていたという。

城はみるみるうちに炎に包まれ、濁った煙と、黒色の灰が空に舞い上がった。

「私は確かに見たんだ」

黒煙の中から、大きな白い鳥が羽ばたいた。雲ひとつない、澄んだ空の向こうに、二羽の鳥は月のように白く浮かんで溶けた。

「引き止めるように母を呼んだ。……私は、あれが母だと思った」

「凰炎様」

「けれど、声が出ない」

待ってください。置いていかないでください。私を一人にしないでください。そう叫びたくて、それでも出ない言葉に幼い凰炎の喉は引き攣《ひ》《つ》れた。

「言葉が出ない。母は、振り向かない。私を残して逝かないでくださいと心から願っていたけれど、それが言葉になることはなかったし、母は私の前から姿を消した」

言葉にならない。祈りが届かない。願いは叶わない。

彼にとって声を失うというのは、そのことを思い知るような出来事だったのだと有理は知る。

だがいつからか、鵠は凰炎の前に現れるようになった。

「時折姿を見せてはいなくなる。旅鳥がいないはずの時季に突如現れる鵠を、私はいつも探していた」

凰炎が鵠を追いかけたのは、それが理由だったのだと思い至る。

初めて穀物庫で会ったとき、凰炎がただ居合わせたのだと思っていたけれど、あれは鵠を追っていたのだ。

季節外れの鵠は、考えてみればいつも唐突にその姿を消した。倉庫で見かけたときも、いつのまにかいなくなっていた。当初はあまり気に留めていなかったが、確かに不自然だ。

「――お前も知っているだろう？　王妃の恋人の呪

禁師が、王子にかけた呪いを」

逡巡しながらも、はい、と答えようとした。

その唇を、塞がれる。

「っ……？」

一瞬自分の身になにが起きているのかわからず、有理は固まった。逞しい両腕に抱き込まれ、身動きが取れなくなる。

開かされた口の中に凰炎の舌が入り込み、体同様に縮こまっていた有理の舌を舐めた。

「待っ……」

制止の声ごと奪われて、有理は強く目を瞑《つむ》る。強張りを解すように舌が絡んできた。

口腔内を愛撫される音がやけに頭に響いて、あまりの羞恥《しゅうち》に息が乱れる。

「んぅ」

いつのまにか長椅子の上に押し倒されていて、凰炎を見上げる格好になっていた。生理的な涙で、精悍な彼の顔がぼやけて見える。

微かに息を乱していた凰炎が、親指で有理の濡れた唇を拭った。

「――有理」

「……っ」

初めてはっきりと名を呼ばれて、胸が押し潰されるように痛む。

指先から痺《しび》れるような感覚が走った。すぐに体中に伝播し、四肢が言うことを聞かなくなる。

慌てて顔を逸らしたが、強引に正面を向かされた。顔が熱くて、きっと昼間であれば真っ赤になっているのを見られてしまっていただろう。

「有理」

優しい声が鼓膜《こまく》を擽《くすぐ》り、背筋がぞくっと震える。

「『王子は愛されない。だから呪いは解けない』、と呪禁師は呪ったそうだ。……ならば、誰かに愛されたら呪いは解けるのではないのか、と。だが、声は戻らない。父王にさえ愛されていないのではないかと思うと、いつも……」

声を詰まらせた凰炎の頬に、一条の涙が伝う。泣いているのに表情は変わらなくて、痛ましさに有理は眉を顰めた。

「そんなこと、ありません」

返す声が少し震えてしまった。断定的に否定した有理に、凰炎がゆっくりとこちらを見る。瞬きと同時に、涙が一粒落ちてきた。

「だって、あの鵠はお母さんかもしれないのでしょう？　いつも……凰炎様に会いに来られているのでしょう？　心配して見に来てくれていたかもしれないんでしょう？」

鵠は旅鳥だ。基本的に、季節を無視して現れるものではない。毎年毎年、季節を外れて何度も姿を見せるなどということはありえない。毎日休みなく鳥と接し、水禽などを飼育している自分が一度も見たことがなかったほど、季節外れの鵠は稀有な存在なのだ。

「それに、お父さん——陛下だってそうです。凰炎様のことがどうでもいいなら、気にかけたりしないし、声が出たって喜ばないはずです。そうでしょう？」

本来、なにか欠陥や障害がある場合は、たとえ王子であろうと捨て置かれると言ったのは、亜藺だ。だが凰炎は違う。声が出たという報せを聞いて、王は咽《むせ》び泣いたという話だって聞いている。そんな父親が、どうして息子を愛していないというのか。

わかって欲しい。もうこれ以上心を痛めて欲しくないから必死に言い募る有理に、凰炎は呆然と「ならば、何故」と一言呟き、喉を擦った。

「他に原因が、あるかもしれないですよ。凰炎様自身でなにか心の変化などはなかったですか。愛されていると凰炎様自身が実感できたから、とか」

呪いのことなんて、有理にはよくわからない。本当に存在しているのかどうかだって、目の当たりにしたことがないからわからないのだ。だから他に理由を探す。

なにか思い当たることはないかと訊《たず》ねると、凰炎は長い睫毛《まつげ》に縁取られた目を、微かに瞠った。

「有理。――私はお前が、愛しい」

囁《ささや》くように告げられた言葉に、息が止まる。

凰炎は有理の腰に腕を回して抱き上げた。勢いよく起こされて、そのまま彼の胸に寄りかかってしまう。反射的に身を引く前に、凰炎の腕に抱き竦められた。

伝わる心臓の音は、自分のものか、それとも凰炎のものなのか。有理の項《うなじ》を撫でながら、凰炎はもう一度「お前のことが愛しいんだ」と口にした。

駄目です、立場が、と下臣として当然のことを言いたいのに、なにも言えない。凰炎の言葉が嬉しかった。自分の体の中から、凰炎への愛しさが湧き上がるのがわかったから。

心臓がうるさくて、凰炎に聞かれてしまっているのではと不安になる。

そっと身を離し、凰炎は有理の顎を優しく摑んで上向かせる。淡褐色の瞳に見つめられ、魂《たましい》ごと奪われたような気になった。

「――……お前は違うのか」

少々悲しげな声音に、有理は突き動かされるように頭を振った。

「ちが、違いません。……俺も、凰炎様を……」

お慕いしています、という言葉は緊張のせいで聞き取れないほど小さくなった。

指先で、凰炎の頰を濡らす涙をそっと払う。有理の手に、凰炎が手を重ねた。形のいい瞼が伏せられると、また一粒、雫《しずく》が落ちる。綺麗なのに見ていると胸が痛くなって、有理は唇を寄せた。

「……有理……っ」

強く抱きしめられ、有理も凰炎を抱き返す。

「……私はいつも、お前の朗《ほが》らかさに救われていた」

凰炎は子供の頃から、大事にされる半面、腫れ物のように扱われ続けていた。けれど、笑顔で無邪気に接してくる有理に、いつのまにか好感を持っていたのだと、凰炎が言う。思いもよらぬ告白に、また顔が熱くなった。

ただ能天気で、世間と礼儀を知らないだけだという自覚はあって、好意的に解釈してくれるのが申し訳なくなってくる。

「いつからか私はお前に、有理に好いて欲しいと、愛されたいのだと思うようになった」

項を撫でられ、ぞくっと体が震える。

「――そして毎朝、自分が喋れないのだと確認して落胆する日々だった」

まだ怪我の治りきっていない手が、頬に触れてくる。柔らかなその指が唇に触れた。再び、唇が重ねられる。

口づけを交わしながら、常日頃、兄から忠告されていた「王族にあまり近づきすぎるなという」言葉が脳裏に蘇った。

――……兄さん、ごめん。

幾度も注意をされたけれど、もう自分は凰炎を振り払うことなどできない。有理の心は凰炎を諦めることができない。

舌が痺れるほどの口づけをどちらからともなく解き、小さく息を吐く。綺麗な形の瞳を見ていたら、今度は有理のほうが泣きそうになった。

凰炎の目が微かに瞠られ、慰めるように頬を撫でてくれる。

「どうした。なにがそんなに有理を悲しませている」

ふるふると首を横に振る。

自分たち鳥飼いは、凰炎の件について褒美を賜っ

た。もう準備は進んでいる。大変な栄誉であり、辞退をすることなどできはしない。

自分は、あと幾日か過ぎたら、この町を離れなければならないのだ。

凰炎のためにしたことが、二人を別つことになるなんて皮肉な話だ。

だからといってもう、自分が凰炎以外に気持ちを寄せられるとも思えない。

有理、と心配そうに名前を呼ばれて、必死の思いで笑みを作る。

「離れても、……俺は、凰炎様をお慕いしていますから。ずっと、凰炎様だけ」

泣きそうになりながらそう伝えると、凰炎ははっとして有理の頬を撫でる。躊躇うような様子を見せたあと、凰炎が口を開いた。

「……これは、まだ決定事項ではないのだが」

「はい」

「私も新たな土地へ行こうと思っている」

思いもよらなかった言葉に、有理は「えっ」と声を上げてしまう。つまり、新たな土地の領主に凰炎がなるということだ。

本来は別の貴族がその任に着くということで話が進みかけていたところを、立候補したのだと凰炎は言った。

「新たな集落に領主としておさまりたいと、陛下に奏上した」

「でも、凰炎様は」

「私には継承権はない。だが、『話せるようになった』ことで、邪推や杞憂をする者もいよう。利用するような形になるのも不本意だが、私にとってもそれが一番望ましい形だと思う」

言いにくそうにそう口にした凰炎に、薄っすらと事情を察する。王の寵愛を一身に受ける王子の問題がひとつ取り除かれたことで、敵味方にかかわらず、利用しようとする者が出てくるに違いない。その前に、鳥飼いたちの集落に領主としておさまることで、争いを回避しようということなのだ。

てっきり離れ離れになるものと覚悟していたのに、急な展開に頭がついていかず、有理はぽかんと口を開けてしまう。凰炎は目を細めて、有理の唇を指で撫でた。

「これからも一緒だ。有理」

凰炎が微笑みとともにそう告げて、有理を抱き寄せる。

「……嫌か?」

「嫌なはずないです!」

間髪を容れずに否定すると、再び口付けられた。

こんなに都合よく幸せになっていいのだろうか。そう不安になりながらも、有理は凰炎の唇に応えながらそっと目を閉じた。

息の緒に

「おお、獲……った、獲った」

木枯《こが》らしの吹き荒ぶ空を滑空していた鷹《たか》が、急降下して兎《うさぎ》を摑む。それを見届けて亜蘭《あらん》が声を上げると、そこかしこから拍手が上がった。

普段はそんなことは起こらないのだが、今日は兄である王がこの狩りの主役なので、勢子《せこ》の役目も担う賑やかしの布陣は完璧である。

鷹が上空で獲物を離したのを見て、亜蘭の想い人である英理《えいり》の、その弟――有理《ゆうり》が走り出した。地面に落下させて息絶えた兎を食おうとする鷹に、素早く餌を渡している。代わりの肉を得た鷹は兎から意識を逸らしたようで、差し出されたご褒美をがつがつと食べ始めた。

有理と英理は本来そういったことをせずとも猛禽から獲物を受け取ることができる。だが、それはあの兄弟にしかできないため、他者が鷹狩りに興じるときは必ず褒美用の餌を用いるようだ。亜蘭は餌を用意せずに挑戦し、幾度も獲物を食われてしまったことがある。

有理は随行していた英理に鷹を預け、獲物の兎を手に駆けだすと、亜蘭の甥である凰炎《おうえん》の前に跪く。

――ああ、ほら。兄上の前で複雑な顔をするんじゃないよ。

不本意そうな顔をした凰炎に、亜蘭は内心で苦笑した。

凰炎は先日、父王よりこの鷹養部《たかかいべ》と土地を与えられ、領主として治めている。

その下についている有理が跪いて獲物を献上してもなにも不思議はないのだが、理無い仲である有理にそんな行動を取られて不満げだ。

王の御前にあって、平民である恋人がいつもの気安い態度を取るわけにはいかない。頭ではわかっているだろうに、納得がいかないらしい。

——血筋だな。

たとえ后妃であろうと王族、特に王や王子の前では恭《うやうや》しく頭を下げるのが普通なのだが、愛し、同衾《どうきん》した相手にそういった行動を取られるのは亜蘭も苦手だ。

本当に自らの意思で抱かれたのか、命令だから仕方なく応えているのではないかと疑心暗鬼に駆られることもある。常識を鑑《かんが》みれば当然のことであり、そんなはずはないと頭ではわかっていても、反射的に不安が過ってしまうのだ。

恐らくそれは案外気性の激しい甥も同じで、もしかしたらその父親もそうだったのかもしれない。

——ほら、早くしないと訝しく思われるぞ。

待たされている有理も、居心地が悪そうだ。

じっと恋人を見つめ続けていた凰炎が、不満げにしながらもようやく獲物を受け取る。そして、それを父王の元へと運び献上した。

上手く獲物を狩ることのできた王は、愛し子にも褒めてもらえてご満悦の様子である。

微笑ましく思いながら、ちらりと己の恋人を見やった。

王の愛鳥を手にしながら戻ってきた英理は、ほんの僅かに微笑んでみせる。抱きしめたい衝動に駆られながらもそうはいかないので、亜蘭も笑みを返すにとどめた。そして、王を振り返る。

「――陛下！　そろそろ陽が沈んでまいりました。今日はもうお開きにされては？」

王はほんの少し茜色《あかねいろ》に染まった空を見上げて、そうだなと首肯する。狩った兎を調理するよう命じ、王は浮き立った様子で凰炎の屋敷へと移動を始めた。

凰炎が不満げなのはここにも要因がある。鷹養部に遊びに来た際には、亜蘭はいくつかある別荘に宿泊するのだが、王は愛息の屋敷に滞在したがるのだ。王であり、敬愛する父親を無下にすることもできず、さりとて蜜月の恋人と一晩でも離れていたくない凰炎は、心中複雑といったところだ。

勢子を解散させ、ぞろぞろと屋敷へ移動する王の一行とともに、亜蘭も凰炎の屋敷へと足を向けた。


亜蘭がいつも宿泊するのは、凰炎の屋敷から徒歩五分ほどのところにある別荘だ。こぢんまりとしていて、中庭には沢山の緑と池がある。以前の持ち主の趣味なのか、季節ごとに違った景色が楽しめるようになっているので気に入っていた。

今は冬だというのに、青や紫、薄紅色の花が咲いている。窓際の長椅子に腰掛けながらそれを見るともなしに眺めていると、扉を叩く音がした。

「――入れ」

促す声に、遠慮がちに扉が開く。顔を出したのは、恋人の英理だ。

「亜蘭様。陛下に挨拶をされないで退出するのはおやめください」

開口一番のお小言に、亜蘭は苦笑する。

「食事時まではいたのだから、義理は果たしただろう？」

「そうかもしれませんが、突然いなくなられたら、探す下臣が困ります。俺たちはここにいらっしゃるだろうと知っていますが、そうでない下臣が探し回っておりましたよ」

「ああ、そうか。それは悪いことをしたな」

至極どうでもよさそうに言った亜蘭に、英理はまったくもうという顔をして息を吐いた。

食事中に姿を消した亜蘭に、王は近場にいた下臣になにげなく行方を訊いたのだろう。とはいっても別にすぐに呼んできて欲しいというわけではなかったに違いない。

探し回った下臣はまあ気の毒だなとは思ったが、どうでもいい話だ。

「窓、開けていらっしゃるんですか」

「ああ。庭を見ていた」

ここの庭が気に入っていることは、英理も知っている。もう幾度もこの別荘にともに来ているからだ。

「そんな薄着で……風邪を引きますよ」

「大丈夫だろ、暖炉に火が入っているのだから」

それでも寒いじゃないですか、と言いながら、英理は暖炉近くの長椅子の背もたれに無造作に掛かっていた毛布を手に取った。

亜蘭の肩に掛けようと歩み寄ってきた英理の手首を摑み、抱き寄せる。不意を打たれた英理は「あ」と小さく声を上げて、胸の中に倒れ込んできた。

「っ、亜蘭様！　あぶな――」

文句を言おうとした唇を強引に塞いでやる。小さく息を吞む気配がした。

跳ね除けるかどうしようかと逡巡している様子を見せていた手が、やがて受け入れるように亜蘭の服をきゅっと摑む。

口づけをしたまま体勢を変えさせ、膝の上に乗せた。一方の手で細い腰を抱き、もう一方の手で項を撫でる。時折首筋や耳殻《じかく》を擽ってやると、英理の痩軀が微かに震えた。

「……んっ、……」

舌を入れると、驚いたように喉を鳴らす。英理はそれからほんの少しの躊躇を見せながら、おずおずと舌を差し出すのだ。

もう幾度も口づけを交わし、抱いているのに、まだ物慣れぬ様子の恋人が愛しくて堪らない。大事にしてやりたいと思う一方で、めちゃくちゃに泣かせてやりたいとも思うのだから、我ながら始末に負えない。

——何度抱いても飽きない。……足りない。

日を追うごとに、英理への愛しさが増している気がする。

凰炎の母親——かつての王の寵妃が暗殺計画を目論んでいたと知ったとき、王が彼女を一切咎めなかったことが亜蘭には不思議でしょうがなかった。

王が熱心に恋うて娶ったことは知っていたが、いくら情があるといっても寝首を掻こうと画策していた相手を好きでいられるとは到底思えない。百年の恋も冷めるというものではないかと。

——だが、今ならわかる気がする。

まったくありえない話だが、もし英理に同じ企てをされたとしたら、やはり亜蘭には英理を咎めることができそうにない。

どうしても手にかけることができないと枕元でさめざめと泣かれたら、果たさねばならない務めに抗《あらが》い断念するほどに心を寄せてくれていたのかと、いっそ喜んでしまうかもしれない。

自分はきっと、英理から差し出されるものならば、殺意でさえも愛《め》でられるのだ。

だが一方で、他の男のところにほんの僅かでも心があると知れば、その男を許せなくなるのは必至だ。執拗に寵妃の恋人を追って国ごと潰した王は、やはり己の実兄だなと実感する。本人に確かめたことはないけれど、血の繋がりを感じさせる出来事だ。

——英理には、俺以外にはいないだろうけれど。

なにに対してか曖昧な優越感を覚えながら、亜蘭は英理の服の裾に手を入れる。その滑《なめ》らかな膚に触れた瞬間、唇を合わせていた英理がびくりと身を強張らせた。

そして、亜蘭の肩を押しやって強引に口づけを解いてしまう。

「亜蘭様！　やっぱり体が冷えているじゃないですか！」

突然どうしたのかと目を瞬く亜蘭に、英理はそう捲《まく》し立てた。

「……あ？　いや、まあ」

「指先が冷たくなって……！　このままではお体に障ります。今、お茶を淹《い》れますから！」

そう言って、英理はお役目大事とばかりに亜蘭の膝を慌ただしく降りた。その背を見送りながら、亜蘭は頬を掻く。

――いや、今はそういう雰囲気じゃなかっただろう……？

ここは「じゃあ褥《しとね》であたためてくれ」とでも言いたい場面だったのだが、英理はもうそれどころではないようだ。つい数秒ほど前の色っぽい雰囲気を吹き飛ばし、茶炉で湯を沸かし始めている。照れ隠しよりも、どちらかといえば本気で亜蘭の身を案じてくれている恋人に水を差すのも憚られ、大人しく口を噤んだ。

――それにしても。

はらりと零れる前髪を、英理が耳にかける。たったそれだけの仕種が色っぽく見えて、亜蘭は右目を眇めた。

――子供の頃から綺麗な顔だったが、ますます……。

初めて出会ったときは、まだ正真正銘の子供であった。戦帰りで気が立っていた亜蘭が誰何の声を上げ、身を縮こまらせながら顔を出したのを今でも覚えている。

こちらが何者なのか知らなかったようで、返り血を浴びた亜蘭が怪我をしているのではないかと心配してくれていたのだ。いかにも物騒な雰囲気の亜蘭を怖がりながらも、おずおずと言いだす姿がとても可愛らしかった。

勝ち星をあげ続けて鬼神とまで呼ばれた亜蘭は、平民の子供にさえ英雄扱いされていたので、会えば平伏されることも多い。王子であり将でもある亜蘭のことを知らない、というのも新鮮で面白かった。

――しかし……俺と気安く接したことを父親から咎められて、顔を腫らしていたのを見たときは焦ったな。

幼い顔が腫れていて、その造作が整っているだけにひどく痛々しく見えた。ましてそれが亜蘭との接触が原因なのだから焦りもする。軽い気持ちで宝剣を渡し、そんなことになるとは思いもよらなかった。

戦場では散々人を薙ぎ倒し、高揚することはあれど心を痛めたためしなど一度もなかった自分が、幼い友人が顔を腫らしているだけで動揺してしまったのだ。

思えば、あのときから自分は英理に対して惹かれていたのかもしれない。

「――亜蘭様？」

呼びかけられて、はっとする。

茶炉の前に立つ英理が、首を傾げた。既に幾度か呼びかけていたのかもしれない。

「やはり、体調がお悪いですか？　お茶ではなく、薬湯に……」

「いや、違う。大丈夫だ」

でも、と不安げな顔をする想い人に、覚えず口元が緩む。

「ぼんやりしていたのは、お前に見惚れていただけだ」

亜蘭の科白《せりふ》に、英理はきょとんと目を丸くした後、首まで真っ赤になった。

「な……、なにを言っているんですか！　……また、そういう冗談を言って誤魔化すんですから」

「冗談ではないし、誤魔化してもいない。真実を言っただけだ」

喉を鳴らして笑うと、ますます揶揄われたと思ったのか、英理が柳眉を寄せた。

本当のことしか言っていないのだが、どうも信用がない。この態度がよくないのは重々承知しているが、今更性格を直すのも難しい話だ。

ぷいと顔を逸らし、英理は湯を掻き混ぜている。

その様子をじっと眺めていたら、いたたまれなくなってきたらしい。無言の空間に耐えかねた様子で、英理は「あの」と口を開いた。

「うん？　なんだ」

「あの……よかったですね、陛下に鷹狩りを気に入っていただけて」

「ああ、それは確かに。意外だったが」

王は猛禽に関して、この国の象徴であること以外に特になんの感慨もない様子だった。鷹養部に足繁く通うのも、当初は愛息の顔を見る口実でしかなかったはずだ。

だが、息子に教えられて始めてみたら案外とその面白さに嵌まり込んでしまったらしい。今では英理に頼んで、専用の鷹を何羽か育てている。

「今まで、冬には娯楽らしい娯楽がなかったからな。それもよかったのだろう」

「そうですね。冬の娯楽、という発想は俺たちにはありませんでしたけれど」

季節を本来獲物が減るはずの冬に限定するのは、そのほうが狩りはしやすく、鷹の羽を傷つけずに済むからだ。

新緑の生い茂った季節では、獲物どころか放った鷹の姿も容易には見つけられなくなる。枯れ木は見通しがよく、かつ枝葉で鷹が羽を傷つけてしまう危険性も下がるということだ。

――鳥飼《とりか》い、特に英理と有理の兄弟はやはりそのあたりが普通とは違う。

王に付き合ってまだ若い王子なども随行することがあるのだが、腕に乗せるのも苦労している。鳥の足元、つまり支える腕が不安定だと、空へ飛び立ってさえくれない。

小さな猛禽で四苦八苦しているのを尻目に、鷹より二回《ふたまわ》りも大きな狗鷲を華奢《きゃしゃ》な兄弟が操っているのだから屈強を自負している男たちは立場がない。

実際亜蘭もやり始めてみて思ったのだが、そもそも飛び立たせる以前に飼い馴らすこと自体が難しく、狗のように獲物を摑んでこちらへ持ってくる、という芸当は普通しないものだ。

それがわかったので、英理たちは王などの狩りに付き合うときは獲物と交換用の餌を用意している。

「それと、思わぬ軍事訓練にもなった。勢子が必要だとわかったからな」

勢子は、狩りの際に獲物を追い立てる役目を担う。数十人がそうして追い込んだ獲物を猛禽で狩るのだ。これも、英理と有理にはまったく必要がない。二人がいとも簡単にやってのけるので亜蘭もそういうものかと思っていたが、勢子があるのとないのでは大違いだ。

英理は弟と比べて自分には才能がないなどと嘆いていたが、十分、常人のそれとは異なる才能の持ち主であった。

「圧巻ですよね。見る度に圧倒されます」

勢子の役割は主に下級の兵士などに命じる。これが意外と指揮訓練になると気がついた。

当初は斥候《せっこう》などの役割をと考えていたのだが、これは嬉しい誤算であった。以来、王だけではなく指揮権を持つ者が訓練として参加することも増えた。もっとも、亜蘭も含めて半ば楽しみながらやっているが。

――そうしてみると、案外と指揮に向いている者やそうでない者が如実に浮き彫りになって面白いんだよな。

有能だと評されていたはずの男が己の指揮が通らぬことで恐慌状態に陥って怒鳴り散らしたり、昼行灯《ひるあんどん》だといわれていた男がのんびりと的確な指示を出したりと、意外な面が見られる。

亜蘭はといえば、戦においては主に先駆け——というよりは最前線で好き勝手に暴れているので、自覚はあったがもとより指揮はあまり向いていない。そもそも、後方でただ構えて見ているというのが膚に合わないのだ。

「まあなんにせよ、重要性や需要が認められてよかった。推薦していた俺も一安心といったところだ」

英理が湯を掻き混ぜながら小さく笑う。

「本当ですね。当初はどうなることかと思いましたが」

「英理。今だから言うがな」

「はい？」

「俺は、凰炎の声の件での褒美を本当はお前にやるつもりだったんだ」

ぽつりと漏らすと、英理は目を瞬いてこちらを見た。一体どういうことなのかと、その顔に疑問符が浮かんでいる。

「お前たちが存分に猛禽を育てられる環境を作ってやろうと思っていたんだ、本当は」

他力本願も甚だしいが、それでも自分の権力では限界があった。亜蘭の趣味、という範囲で許可するのが精一杯だったのだ。だから、王からの褒美をもらう好機を狙っていた。

「結局俺が望む以上の形になって『鷹養部』ができたわけだが。……本当だったら俺が与えてやりたかったんだ」

思った以上に拗ねた声音になり、子供じみたことを言ってしまったと自己嫌悪する。

英理が小さく笑うので、非常に体裁《ていさい》が悪い。だが英理はこちらの気持ちを察して、頭を振った。

「ありがとうございます。……でも本当に、亜蘭様に頂いたものだけでも俺にとっては十分幸せでした」

そこまで心を砕いてくれたことが嬉しいのだと英理がはにかむ。

抱きしめて口づけたい衝動に駆られ、長椅子から立ち上がった。よほど勢いがあったのか、英理が目を丸くする。

英理の濃い色の虹彩が、不意に亜蘭の横に逸れた。視線を外すなんてどういうことかと思いながら背後を振り返ると、窓の外から微かな足音が聞こえてくる。

何者かと警戒した亜蘭とは裏腹に、英理が「有理?」と弟の名前を呼んだ。

「有理?」

「ええ、ひとりでどうしたんだろう」

英理が心配そうに眉根を寄せて窓のほうに駆け寄った。

亜蘭は卓の上に置かれた燭台ごと手に取り、窓の外を照らす。英理が窓を開けて顔を出した。

「有理、お前こんなところでなにをしているんだ」

「亜蘭様、兄さん、すみません。お休みのところ」

そう言いながら、有理は少々申し訳なさそうな顔をして亜蘭のほうを見た。

多少いいところを邪魔された感はあるものの、寝台でいざ、という差し迫った場面ではなかったので気にする必要はないという意味を込めて、苦笑で返す。

「いや、別に休んではいなかったが……どうしたんだ？」

今日は王が凰炎の屋敷に泊まるため、有理は別館のほうで寝泊まりをする予定のはずだ。

「兄上――陛下か凰炎になにかあったのか？」

わざわざ亜蘭の元へ来るというのはそういうことなのかと身構えると、有理は慌てて頭を振った。

「いえ！　そうではなく……その、相談したいことが、ありまして……」

やけに歯切れの悪い様子に、亜蘭と英理は顔を見合わせて首を傾げる。

「……まあ、寒いし、窓を挟んで会話するものでもないだろうから中に入るといい」

はい、と返事をして有理はすぐに別荘の中へとやってきた。

外気温は相当下がっているらしい。部屋の中に入ってきた有理はひんやりとした空気を纏っていた。鼻の頭も赤い。

「英理。有理にも茶を出してやれ。お前の分も」

作業の途中だった英理にそう促す。英理は首肯し、三人分の茶を淹れた。

出された温《ぬる》めの茶を傾けながら、亜蘭は「それで」と問う。

「こんな夜更けに、なんの相談だ？」

茶器に口を付けていた有理が、ぎくりと固まった。それから、亜蘭のほうを見て、英理のほうにも視線を向ける。

怪訝に思いながらも、亜蘭は卓の上に茶器を置いた。

「兄弟同士で話をしたいなら、席を外すか？」

有理よりも早く反応したのは英理で、とんでもないと頭を振る。

「いえ、それならば俺たちが廊下に出ますから」

「いや、気にしなくていい。俺は別の部屋に待機して」

「体が冷えていらっしゃるのに、あたたまっていない部屋にお通しするわけにはまいりません。ここは俺たちが」

そう言われて「そうか」と退出を促すわけがない。体が冷えていたって風邪など滅多なことでは引かないのだ。亜蘭よりもよほど体が弱いくせになにを言っているのか。

俺が、いや俺がと譲らないふたりに、おろおろと見守っていた有理が「あの！」と割って入った。

「あの、……おふたりにおうかがいしたい、というか」

「ふたりに？」

有理の言葉に、再び顔を見合わせる。ふたり共通に投げかけられる質問が思い至らない。

「ふたりにというか……その……」

そう言いながらも有理は兄を手招きし、その耳元に顔を寄せる。結局ふたりに訊きたいのなら堂々と訊けばいいものを、と思いながら、亜蘭は茶器に口を付けた。

「ええと……その」

「なんだ。早く言え」

歯切れの悪い弟に、怒るでもなく英理が促す。逡巡するようにまごついていた有理がやっと英理に耳打ちをしたが、亜蘭には聞こえない。

だがその囁きは英理にも聞こえなかったようで、「なに？」「なんだって？」「聞こえない」と繰り返している。

有理は困ったような顔をして、それから意を決したように拳を握った。

「あの、――兄さんはどうやって、亜蘭様のものをその身の内に受け入れることができたのですか⁉」

思いもよらぬ質問に、亜蘭は思いきり噎せそうになる。茶器を取り落しかけ、慌てて卓の上に置いた。

実弟から赤裸々《せきらら》な問いを投げつけられた英理は、目を見開いたまま固まっている。

「兄さんは、どうやって亜蘭様のものを挿入していらっしゃるんですか⁉」

反応がないのを怪訝に思ってか、有理ははっきりと大声で質問し直す。

「待て。――待て、有理」

このままでは更に似たような質問を重ねるだろうことは明白で、固まるのを通り越して凍りつきそうな英理を慮《おもんぱか》って、亜蘭は遮った。

有理は爛々《らんらん》とした目をこちらに向ける。

「亜蘭様はどうやって、兄さんの尻に陽物を」

「だから待てと言っているだろうが」

結局のところ同じ問いなのはわかっているし、段々表現が露骨になってきたので、亜蘭は強引に中断させた。

有理は素直に口を閉じる。

確かにこれは、ひとりで夜中にひっそりと訊きに来たくなるような内容だ。

――それよりも、こいつら、俺たちより早くに通じ合っていただろうが。

凰炎の声が出るようになったときには、もう互いに思い合っていたように見えていたと記憶している。だから、祝宴のときにふたりの時間を作ってやって、場所まで提供してやったのだ。

それから凰炎は有理を傍から離さなかったし、有理が投獄されたと知って即座に王に釈放を嘆願したとも聞いている。鷹養部ができてからは職務中以外は常に行動をともにし、時折城下に参上するときも、凰炎が有理を乗せて馬でやってくるほどだ。そういった行動は、有理が己の所有物であると喧伝しているようなものである。

だからもうとうに致したものだと亜蘭は思っていたし、周囲も同様だろう。それなのに、まだ同衾していないというのが信じられない。

「……お前ら、まだ寝ていないのか」

あれだけお膳立てしてやっただろうが、という意を込めて念のため確認すると、有理の目が潤んだ。まずいことを言ったかと、内心焦る。

「頑張っては、いるんです。でも……入らなくて……っ」

凰炎にその気がないというわけではなく、寸前まではいくが挿入には至らない、ということらしい。確かに有理は英理と同じくらい小柄で華奢だし、凰炎は亜蘭よりも体格が良い。体格差という面では、自分たちよりも大きかった。

「それで、おふたりにご教示願おうかと思い、恥を忍んでまいりました。……今日であれば、凰炎様に内緒でおうかがいできるかと思って」

凰炎は王に夜を通して足止めを食らっているだろう。凰炎も父を無下にはできないだろうし、内緒で訊きに来るならば今日は絶好の機会だ。

「亜蘭様……」

「そんな縋るような目で見るんじゃない……」

どうしたらいいんですかと問う有理は切実なのだろう。だが、亜蘭はどう返したものかと頭を悩ませる。

――そもそもあの甥は、閨事《ねやごと》に関してはどうなんだ？

王族は、精通する年頃に閨の作法などを嗜《たしな》みとして学ぶ。とはいえ、あの甥は少々特殊な育ちなので、どうなのだろうか。

亜蘭も、甥の性事情などいちいち把握していないし、当然教育を受けているものだと思っていたが、本当のところはどうなのかわからない。なにより、そういった事情を知らないであろう英理と有理にその話をするのも憚られる。

英理は亜蘭が今まで誰とも同衾したことがないとは流石に思っていないだろうが、それでも積極的に聞かせたい話でもない。

――それになぁ。

有理を見て、それからまだ硬直している英理を見やる。亜蘭は小さく溜息を吐いた。

「……取り敢えず、凰炎と話をしてやるから今日のところは帰れ」

「えっ⁉　いえ、でもそれは……それでは駄目というか……その」

相談したこと自体を知られたくないのだろうし、有理としては相手を煩わせないように閨事を成功させたいと思っているのだろう。亜蘭の言葉に狼狽した。

英理も有理の意図はわかっているようで、口を挟もうかどうかと迷うようにこちらを見る。兄弟だなと思いながら、亜蘭は嘆息した。

「あのな、お前の気持ちや相手のために努力したいという熱意は買うが、凰炎の気持ちも考えてやれ」

「でも、俺は凰炎様をこれ以上煩わせたくないし、応えたいというか」

「……不慣れだったはずの情人が突如慣れた様子になったら、そちらのほうが心配だ」

思わぬことを聞いた、とばかりに有理が目を丸くする。

「誰に教わった、と憤慨《ふんがい》するだろうよ。お前ら、通じ合って幾月経過した。それまでずっと不慣れだったやつが突然こなれた様子で受け入れ始めるなんてありえないだろうが」

「それはそうかもしれませんが……だからといって、そんなことで凰炎様は怒らないと思います」

「いいや、憤激する」

きっぱりと断定的に応えた亜蘭に、有理は戸惑うような表情になった。

それについては、確信めいたものがある。

自分だったら、閨で教えていないはずのことを英理がやりだしたりしたら不審に思う。それが他の男の手ほどきによるものだと知ったら、相手を殴るくらいでは済まさない。場合によっては地獄を見せてやる。

血の繋がった甥だ。絶対に同じことをする。

だが愛しい相手の前ではそういう片鱗《へんりん》をまだ見せていないのか、怒り狂うと言われても有理はあまりぴんと来ていないようだ。

「怒るか否かについてはともかく、凰炎のためにもやめてやれ。あいつを不安にさせるのはお前も嫌だろう？」

その言葉には納得したらしく、有理は素直に頷いた。

「明日にでも話してやるから、今日は帰れ。風邪を引かないように、あたたかくして帰るんだぞ」

「はい。ありがとうございます。よろしくお願いいたします」

肩掛けを貸してやると、有理は「よろしくお願いしますね」と念を押して退室した。やれやれと息を吐き、振り返る。

一言も発さずに控えていた英理が、非常に複雑そうな顔をして立ち尽くしていた。視線が合うと、床に膝をついて頭を下げる。

「大変申し訳ありません……！　うちの愚弟が、とんでもないことを」

「ああ、いいから。やめろ」

英理を跪かせて喜ぶ趣味はない。謝罪の口上を遮るように、英理を抱き上げる。こちらを見下ろす格好になった英理の顔は、羞恥や申し訳なさからだろう、真っ赤になっていた。

「あのような慎みのない質問を、亜蘭様にするなんて思いませんでした」

「まあ、俺も驚きはしたが」

抱き上げたまま英理を寝台へ運び、そっと下ろす。

「それだけ切羽詰まっていたということなのだろう。赦してやれ」

弟という性質か、英理よりも幾分無邪気でちゃっかりしたところのある性格ではある。だが、亜蘭に対して閨の話を平気で訊くようなことも今まではなかった。凰炎と幾度そういうことになったかは知らないが、本当に焦っていたのだろう。

「俺が赦すも赦さないもないですが」

「それに、二人のことは二人で解決するのが一番だろうよ」

ひたすら謝罪を繰り出しそうな唇を、口づけで塞いでやる。ほんの僅か見せた抵抗は、まだ話している途中だという不満の表れには違いないが、すぐに大人しくなった。

亜蘭の唇や掌の感触で、本当に亜蘭が不興を覚えたわけではないとわかったからだろう。唇を合わせながら服の裾を捲ると、背中にそっと英理の手が回された。


「っ、……」

花の香油を使って亜蘭のものを受け入れてくれる場所を広げながら、柔らかな太腿に歯を立てる。付け根に近い部分が感じやすく、そこを少しずらして舐めたり噛んだりすると、英理はいつももどかしげに喉を鳴らすのだ。

内腿を震わせて、英理は両手で自分の口元を押さえる。媚態《びたい》を晒すことに羞恥して、けれど健気にも震える脚を開く姿に堪らなく興奮させられた。

「……あっ」

膚に刻まれた墨の上に、強く吸い付いた。

英理の膚は白く滑《なめ》らかで、いつもひんやりしている。抱くとうっすらと赤く染まるのも好ましい。だがその膚の上には、いくつもの黒い模様が刻まれていた。

それは彼らの風習であり、伝統であり、誇りでもある。頭ではわかっているのだが、どうしても嫉妬してしまう。

英理の膚にそれを刻んだ相手にも、英理と永久にともにある黥《いれずみ》そのものにも。

——無機物にさえ嫉妬するのは、もはや嫉妬深いという域を超えている気もするが。

それでも見る度に多少の苛立ちを覚えてしまうのは、もう亜蘭の意思ではどうにもできない。

勢い余って強めに噛み付いてしまい、びくっと英理の足が強張る。傷が付くほどではないが歯型のついたそこに労るように舌を這わせた。

「んっ……」

「痛いか？」

弱々しく英理が首を振る。

もっとも、英理は日常生活においても痛いとか辛いとか、そういうことは口にしない。だからこそ余計に心配になる。

従順なところも真面目なところも愛おしいのだが、情人としては、少々不安になるのも本当だ。

——本当のことを、言って欲しくなる。言わせたくなる。

亜蘭は指を引き抜き、英理の脚を抱え直した。綻び濡れたところに、性器を押し当てる。

「っあ、……――!?」

一息に押し込むと、英理は目を見開いて小さく悲鳴を上げた。いつもはゆっくりと慎重に押し進めるので、慣れない衝撃に声もない様子だ。強く締め付けられて、亜蘭も息を詰めた。

いつもと違う、と言いたげな目を向ける英理に微笑み返し、そのまま勢いよく腰を引く。支えていた英理の背筋が震えた。

抜ける寸前で止め、波打つように蠢《うごめ》く浅い箇所で抜き差しする。

「う、ぁっ……やっ……あぁっ……」

弱い部分を何度も擦ってやると、英理が堰《せき》を切ったように嗚咽のような嬌声を漏らした。

普段は馴染むまで待ってから優しく動いてやることが多かったので、戸惑いも強いのだろう。

抵抗しようと伸ばされた手を捕らえ、細い体を揺すり上げる。

「あ……っ、待っ、亜蘭さ、ま……、……」

あっという間に追い立てられて、ぽろぽろと涙を零し始めた英理がやがて小さく息を呑んだ。

声を上ずらせながら、英理が首を振る。堪えているせいか、まるで漏らすように英理の性器から精液がとろとろと零れだした。ぎゅうと締め付け始めた隙を見計らって、もう一度、一気に中へ押し込む。

「――っ」

びくんと英理の痩軀が撓《たわ》み、精液が彼の白い腹の上に飛んだ。根元から絞るように締め付けてくる中に出しそうになったが、すんでで耐えた。

下唇を舐め、亜蘭は達している英理の体を抱え直して深い部分を突き上げる。

「あっ、あぁっ、あっ、あっ」

先程まで声を我慢していた英理だったが、もはや取り繕っている余裕もなく、揺さぶられるままに声を上げていた。

普段は控えめで、清楚《せいそ》と言っても過言ではない英理が泣きながら感じている姿は、それだけで劣情を搔き立てられる。顔を逸らしているせいで晒された首筋の色っぽさも堪らない。

「英理」

横を向いて目を瞑っている英理の顎を摑み、上向かせる。指先で頰を軽く叩いてやると、涙で濡れた瞼を開いた。

「俺を見ろ」

零れた髪を搔き上げながら命じると、英理が揺すり上げられながら亜蘭のものを締め付けてくる。

「は……、は、い……ぃっ」

返事を言うのと同時に強く突き上げた瞬間、英理が再び達した。

「っ……、……！」

がくがくと腰を震わせながら、言いつけたとおりに亜蘭の顔を見ている。とはいえ、美しい瞳が溺れるほどに涙で濡れていて、きちんとこちらの顔が見えているかはわからなかったが。

それでも己の心が満たされる感覚に、亜蘭は破顔する。

もうこれ以上我慢もしていられず、胸の中に抱えるように英理を抱き竦め、覆いかぶさった。

身動きの取れない英理の体を激しく揺する。

「えっ？　う、あ……っ、待っ、亜蘭様……っ」

達したばかりの敏感な体をいいようにされて、英理が腕の中で悲鳴を上げる。本気での抵抗を感じるが、亜蘭の体を跳ね除けられないらしい。

「っ、嫌か？」

ぐり、と奥を捏《こ》ねると、英理は反射的に「やぁ……っ」と叫んだ。亜蘭は覚えず笑みを零す。

英理は閨でもあまり本当のことを言わない。いいかどうかは恥じらってあまり言ってくれないし、嫌なときはこちらの不興を買ったり、気が削《そ》がれたりするのではないかと懸念しているらしく、従順に寄り添ってくる。

勿論それも英理の美徳であるし、堪らない気持ちにさせられるのも本当だ。だが。

「やです、あっ、あ、嫌、いや、やだ……っ！」

普段ならば、平気です、嫌じゃないです、と返す英理が、泣きながら拒む。

しがみつくのも遠慮し、背中に縋る程度が精一杯の英理が、腕や背中に爪を立てたり叩いたりする。

――悪いな、英理。

大事にしたい泣かせたくないと思うのも本当だが、勿論寝台の上でばかりの話ではなくたまには本音を言って欲しい。

「泣くなよ、いつもどおりだろ」

違う、とばかりに英理が首を振る。

はひ、はひ、としゃくり上げて泣いているのが子供のようで可愛い。無論、本人はそんな可愛らしい状況ではない様子だ。

もっとも、英理はこういう本音の曝《さら》け出し方は望んでいないだろうし、亜蘭もただ泣かせて抵抗されたいという、個人的な嗜好の域になっているのだが。

本当に嫌がっていたり、体を痛めつけたりするような状況の場合は絶対に止めるが、たまにはいじめさせて欲しい。

「やめ、動かないでっ、壊れ、」

「壊したりするか、……っ大事に、しているだろう？」

ほら、と言いながら優しく腰を回し、それから叩きつけるように押し込むと、英理はか細い悲鳴を上げた。

「っ……やだ、ゆるして、もうむり、むりです……っ」

呂律が回らなくなってきた英理の声に、亜蘭の腰が震える。もっと味わっていたかったが、いい加減自分も限界だ。

「……っ」

ひときわ強く抱きしめ、亜蘭は英理の中にずっと溜めていた熱を吐き出した。

びくん、と英理の体が跳ね、小さく痙攣しだす。

「あぁ、あー……っ」

「っ、ああ……すごいな、……」

断続的に締め付けてくる中を、射精しながら抜き差ししてゆっくりと味わった。腰が溶けそうで、堪らず息を吐く。

黥のように膚に刻み込むことはできないが、この瞬間は英理と溶け合っているような錯覚すら覚えた。

抱いている痩軀からふっと力が抜けたのに気づき、英理の顔を覗き込む。美しい顔の想い人は、亜蘭に貪り尽くされて意識を失っていた。

——しまった。やりすぎたか。

汗ばんだ額を撫でてやり、乱れた髪を手櫛で整えてやる。衣類棚にしまわれていた巾《ぬの》で体を拭ってやり、自分の体は適当に拭いて、布団をかぶった。

腕を枕にしてやると、英理は体を丸めて寝返りを打つ。胸元に鼻をすり寄せるように寄っててくる英理が愛おしく、そっと抱き寄せた。

その背中に触れ、僅かに感触の違う部分があって眉を顰める。もう痛みは完全になくなったというが、そこには本来罪人に捺《お》すべき烙印があった。

――どこかの女に取られる前にとは思っていたが……まさか、烙印を捺される事態までは望んでいなかったぞ。さしもの俺でも。

どうにかして自分のものにしようとは思っていたが、流石にこういう方法までは望んでいなかった。英理としては嫁取りの煩わしさがなくなってよかったと言ってくれるが、そんな簡単なことではないことくらい、亜蘭にもわかる。

「……大事にしてやるからな」

小さな囁きは、意識の落ちている英理には届かないだろう。亜蘭は口元を緩めた。

――しかし、有理もよくあんな質問をしてくれたもんだ。

情人の弟であり甥の情人である有理の質問を思い出し、小さく息を吐く。

初めて英理を抱いたときのことは、ふたりにとってはあまりいい思い出ではない。少なくとも、自分にとってはそうだ。

正直なところ、当時の亜蘭は怪我と毒と呪い、そして解毒や痛み止めの強い薬のために朦朧としていて、夢うつつのような状態だった。事の仔細を覚えているわけでもない。初めての夜のことなのに優しく抱けた自信もないし、一方で、泣かせてしまった記憶だけははっきりとある。

――初めての英理のことは、隅々まで覚えていたかったのに。

記憶のどこまでが事実で、どこからが夢なのかはっきりしない。目が覚めたときには、すべて夢だと思っていたくらいだ。

「……そもそも俺は、そんなつもりじゃなかったんだ」

実際には英理に告げたことのない言い訳が、ぽつりと零れ落ちる。

ずっと、英理とは友人や下臣に対するものとは違う好意を持って接していた。英理を汚す夢を見ることさえあった。

だから、頭のはっきりしないときに寝台に現れた彼を見て、夢かと思ったのだ。いつもの夢の中でするとおり、腕を引いて口づけた。そうしてから現実だと気づき、けれど抵抗しない英理に思わず訊ねてしまった。「いいのか」と。

――受け入れてもらえたのが嬉しくて抱いてしまったが、まさか英理が夜伽《よとぎ》を命じられて来たなんて――俺に命じられたと思ってやって来ただなんて、考えもしなかった。

平素であれば気がついていたかもしれない。けれど、そのときの自分には気づけなかった。ただ応えてくれたのだと思ってしまった。

当時の英理の気持ちを想像すると、胸が潰れそうになる。きっと、亜蘭のことを見損なっただろう。そうは思わなくとも、悲しい思いをさせたに違いない。

だが、今になってそんな命令を出していない、と言ったら、亜蘭に対して申し訳ないことをしたと考えるのは必至だ。英理は再び心を痛めるだろう。あんな状況で同衾するつもりなんて、英理にもなかったはずなのだ。幸せな気持ちで互いに恋い慕いながら、抱いて、抱かれたかったはずだ。

だから、言わない。胸の裡《うち》にしまって、墓場まで持っていくつもりだ。

——誰にも言えた話じゃあないが、英理を抱くときの想定もしていたのにな……。

もはや何度後悔したかわからないが、大きく溜息を吐く。

初めて英理を意識したのは、彼が成人したときのことだ。それまでは「顔が良く、自分に懐いてくれている可愛らしい少年」という認識でしかなかった。

鳥飼いは代々非戦闘民だという事情もあるのか、彼らの父親やその兄弟、その祖父、曾祖父の世代に至るまで、線が細く綺麗な顔立ちの者が多い。猪飼《いかい》いや牛飼《うしか》いとも違い、大人しげな人物の多い印象だ。

特に英理と有理の兄弟は戦場でもよく「早く大人になって酌をしてくれないかなぁ」と口に上っていた。

懇意にしていたのもあるが、その度にあんな子供によくもまあ、と不快になっていた。

だが、不快感を抱いていたのは無意識下に別の理由があったのだと知ったのはそれから間もなくのことだ。

——……衝撃的だったな、あれは。

成人した証を見せるためにと眼前に晒された太腿に、自分でも驚くほど劣情を抱いたのだ。そして、その柔肌に傷を付けた相手を想像して頭に血が上った。

結局それは彼の祖父だったのだが、それを聞いてもなお悋気《りんき》に似た衝動が燻《くすぶ》っていたのも間違いない。

なにより、子供だと思っていた相手が急に艶《なまめ》かしく見えて戸惑った。それを誤魔化すためというわけでもなかったが、子供扱いではなく、ひとりの大人として扱おうと決めたのはあの日からだ。

「ん……」

もぞもぞと動きながら、英理がぴったりとしがみついてきた。普段は距離を保とうとする英理が、眠っていると甘える仕種を見せるので堪らない。

――凰炎も大方、可愛い情人に痛いと泣かれたらどうしようとか、ひどい目に遭わせてしまいそうだとか憂慮《ゆうりよ》して先に進めずにいるんだろう。俺たちより体格差があるしな。

だが相手を焦らしすぎては本末転倒だ。

約束してしまった手前、一応甥と話すつもりではいるのだけれど、そもそも閨の話を他の男にした時点で嫉妬させそうだということを有理はわかっているのだろうか。

英理以外には髪一条すら興味もないが、嫉妬されるだろうなと確信めいたものがあって憂鬱だ。なにせ、黥にすら嫉妬をする自分の甥である。

面倒をかけるなよと溜息を吐き、いっそ一服盛ったらどうだと投げやりかつ半ば自分たちの道連れになるような提案でもしてみるかと思いつきながら、英理を抱き直し、亜蘭も目を閉じた。

はじめまして、こんにちは。栗城偲《くりきしのぶ》と申します。『恋渡り』をお手に取って頂きましてありがとうございました。

今までそれなりの冊数の本を出しているのですが、今回は初の二段組となりました（電子書籍をお買い上げの方には無関係の話題ですみません）。しかも掌編だけが一段組という変則仕様です。

2カップル入っていることもあり、私にしてはボリュームのある本です。そして今回はあとがきも長いです。

どちらかの話だけを一冊で読みたかった、というご意見もあるかと思いますが、実は私も当初兄編と弟編で二冊に分けたほうがいいのではないかと悩みました。ただ話の繋がり的にどちらも一度に読んで欲しいというのもありましたし、あとは若干の大人の事情もあったりで（笑）、二組のカップルを抱き合わせた形になりました。

楽しんで頂けましたら幸いです。


兄編・弟編ともに以前別のアンソロジーに書かせて頂いた短編小説が元となっております。弟編は日本神話のオマージュのようなものなので、

あとがき

「ああ、あの神話が元ネタか」とお察しの方もおられるかもしれません。
元となった短編はあらゆる意味で原型を留めておらず、雑誌掲載時は兄弟揃って悲恋だった上、弟編よりも兄編のほうがとても短く、最後の掌編（「息の緒に」）よりも少ない文量でした。校正をしながら「増えたな……」と実感していました。

ということで（？）この本は日本でも外国でもない異世界ファンタジーとなりました。目上の人と喋るときの一人称代名詞が「私」ではなく「俺」のままなのは、目上と相対したときに人称を変えるという敬語のルールが下民にないという設定だからです。時代劇とかで農民とかが偉い人に相対したときに「わたくしどもは」と言わず「わしらは」というみたいな感じですかね。

あくまでファンタジーなのでそこまで気にして読んでないよという方のほうが多いと思うのですが（笑）、王侯貴族は「私」、下々の者は「俺」を使う、くらいに思って頂ければ。

兄編の攻め・亜蘭《あらん》は当初「飄々として余裕のある軽い（チャラい）王

子」になる予定だったのに、気づいたら「顔はとてつもなく美しいけど粗暴で戦闘狂な執着心の強い王子様」になっていました。担当さんが「愛が深くて余裕のない感じ」「溺愛」とオブラートに包んでくださったんですけど、こいつはヤンデレでは……？　いや、ヤンデレというほどではないですかね。どうだろう。どうしてこうなった。

英理《えいり》お気に入りの美しい金髪はオシャレで伸ばしているわけではなく、白兵戦が主なこの世界では短く刈り込むのが普通なので（引っ掛けたり敵に掴まれると危ないから。あと衛生面）、戦闘力の高さや権力を見せつけるために伸ばしている……というどうでもいい裏設定がありました。俺は強いんだぜアピールです。あいつ基本受け以外に優しくないです。

兄編カップルは互いの中身も勿論ですが、互いに相手の顔がとてつもなく好きで、特に英理は恋人の顔が好きすぎて好きすぎてメロメロになってしまいました。でも双方とも相手が自分の顔を好きだということには気づいていない。もし読み返して頂く際は「こいつら相手の顔超好きなんだな」と思いつつ読んでみてください。

裏設定といえば凰炎《おうえん》の凰の字は「鳳凰の雌」を指す字ですが、王でも皇でも他の字でもなくこの字なのは鳥を重用する国家なので鳥に因んだ字であるというのと、雌の字を当てることで「継承させる気はないよ、争いに巻き込まないでね」という王のアピールです（この世界には多分幼名の概念がある）。でも皇の字を入れているあたり……。

イラストはｙｏｃｏ先生に描いて頂くことが出来ました。攻めも受けも非常に美しくて、色々な角度から眺めてしまいます。凰炎の、有理を庇うような逞しく広い背中にときめきつつ、中身はただのバーサーカーとは思えないほど優しそうで儚げな美しい王子様の亜蘭がたまらない、と表紙を見つめつつ心の中で拍手しました。いや、担当さんと話しながらリアルに拍手した気もします……。

そして、あとがきから読まれる方にはネタバレ（？）になるので仔細は省きますが、脚。脚が。こりゃ釘付けになる！

ご多忙の中、素晴らしいイラストをありがとうございました。

最後になりましたが、この本をお手に取って頂いた皆様に、心より御礼申し上げます。有り難うございました。感想など、頂けましたら幸いです。

まだまだ落ち着かない日々が続いておりますが、ほんの少しでも心の潤いとなりますように。

ではまた、どこかでお目にかかれたら嬉しいです。

栗城　偲

twitter : shinobu_krk

CROSS NOVELSをお買い上げいただき
ありがとうございます。
この本を読んだご意見・ご感想をお寄せください。

〒110-8625
東京都台東区東上野2-8-7　笠倉出版社
CROSS NOVELS 編集部
「栗城 偲先生」係／「yoco先生」係

CROSS NOVELS

恋渡り

著者
栗城 偲

2021年5月23日　初版発行　検印廃止

発行者　笠倉伸夫
発行所　株式会社 笠倉出版社
〒110-8625　東京都台東区東上野2-8-7　笠倉ビル
[営業]TEL　0120-984-164
FAX　03-4355-1109
[編集]TEL　03-4355-1103
FAX　03-5846-3493
http://www.kasakura.co.jp/
振替口座　00130-9-75686
印刷　株式会社 光邦
装丁 Asanomi Graphic
ISBN 978-4-7730-6086-7
Printed in Japan